『魔の聖域』

大広間には、よく見ると実にさまざまな怪物が群れていた。（194ページ参照）

ハヤカワ文庫JA
〈JA653〉

グイン・サーガ⑯

魔の聖域

栗本　薫

早川書房
4676

THE BETHEL OF BELIAL

by

Kaoru Kurimoto

2000

カバー／口絵／挿絵

末弥　純

目次

すでにあの年齢でレムスのなかにはかなり大きな空洞の暗黒があったのだ……そして、レムスのなかに暗黒の種子がまかれた……すべてはもう、あのとき、はるかなノスフェラスであらかじめさだめられていたのだ……

ヤンダル・ゾッグ

〔中原周辺図〕

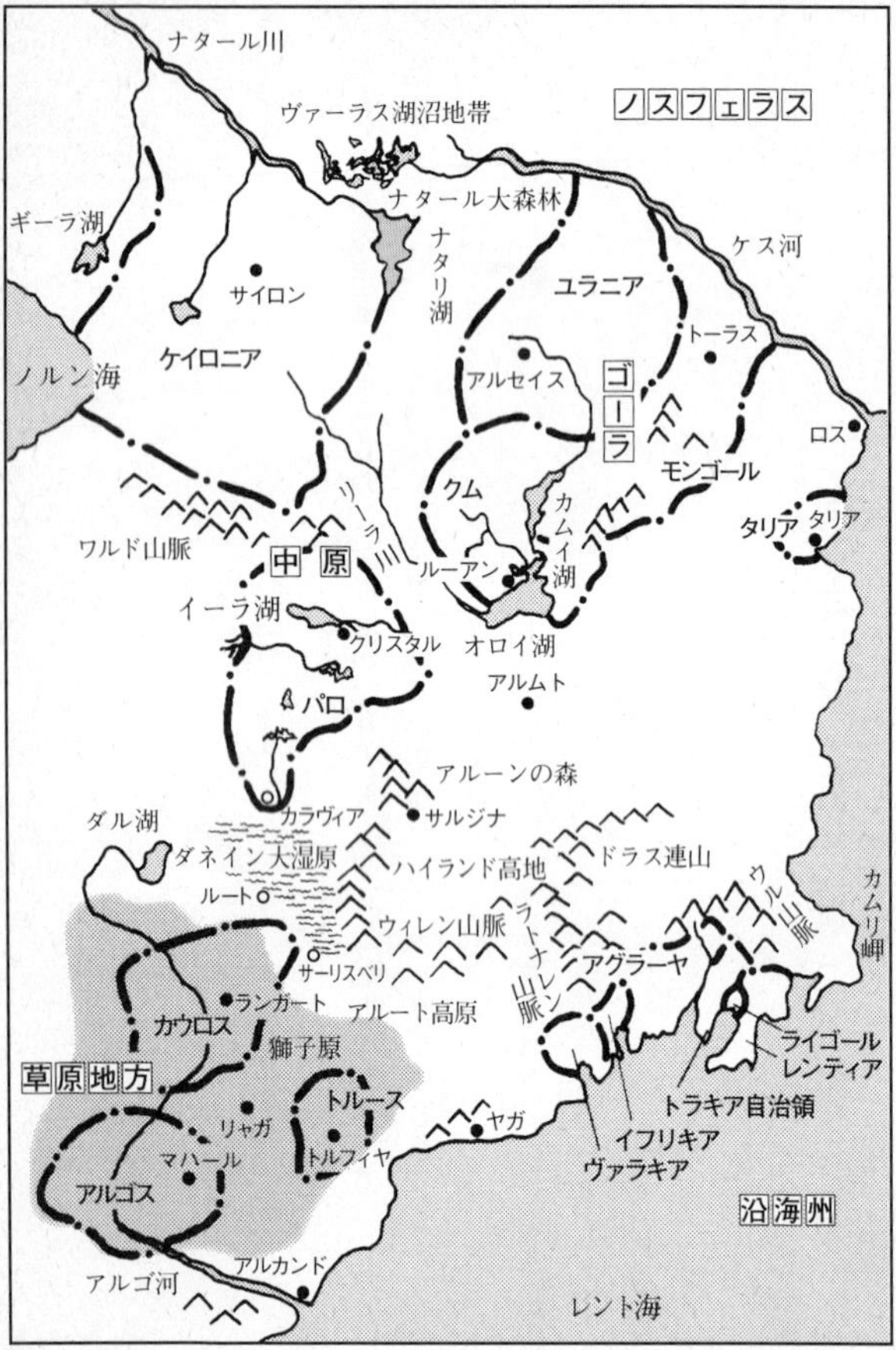
ナタール川
ノスフェラス
ヴァーラス湖沼地帯
ナタール大森林
ギーラ湖
ナタリ湖
ケス河
ユラニア
サイロン
トーラス
ケイロニア
ノルン海
アルセイス
ゴーラ
ロス
モンゴール
クム
カムイ湖
タリア
タリア
ワルド山脈
リーラ川
中原
ルーアン
イーラ湖
クリスタル
オロイ湖
アルムト
パロ
アルーンの森
カラヴィア
サルジナ
ダル湖
ダネイン大湿原
ハイランド高地
ドラス連山
ウル山脈
カムリ岬
ルート
ウィレン山脈
ラトナレン山脈
アグラーヤ
サーリスベリ
ランガート
アルート高原
カウロス
獅子原
ライゴール
レンティア
草原地方
トラキア自治領
トルース
リャガ
ヤガ
イフリキア
マハール
トルフィヤ
ヴァラキア
アルゴス
沿海州
アルカンド
アルゴ河
レント海

〔パロ周辺図〕

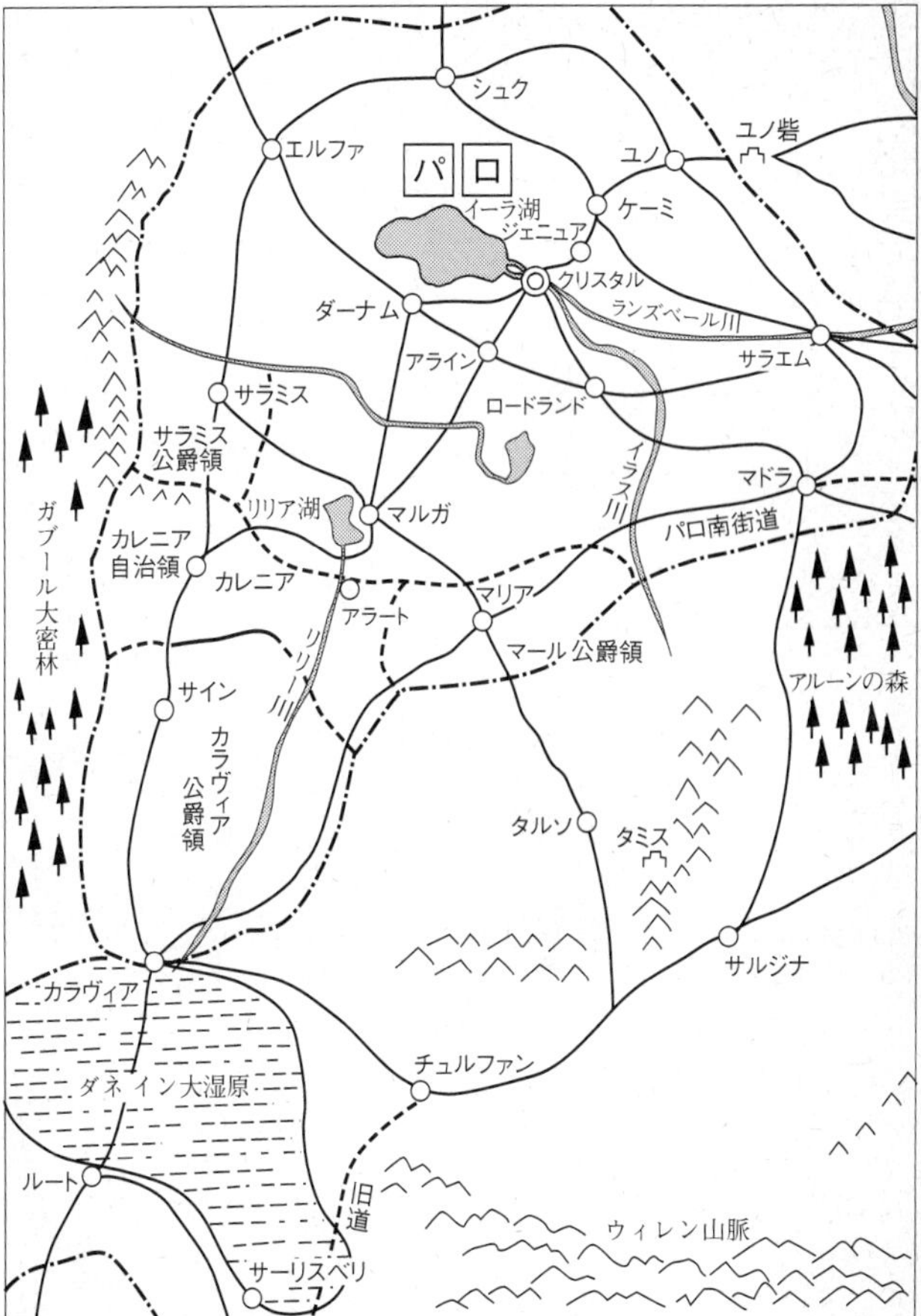
パロ
シュク
エルファ
ユノ砦
ユノ
ケーミ
イーラ湖
ジェニュア
クリスタル
ダーナム
ランズベール川
アライン
サラエム
サラミス
ロードランド
サラミス公爵領
イラス川
マドラ
リリア湖
マルガ
パロ南街道
ガブール大密林
カレニア自治領
カレニア
アラート
マリア
リリア川
マール公爵領
アルーンの森
サイン
カラヴィア公爵領
タルソ
タミス
サルジナ
カラヴィア
チュルファン
ダネイン大湿原
ルート
旧道
ウィレン山脈
サーリスベリ

〔クリスタル・パレス〕

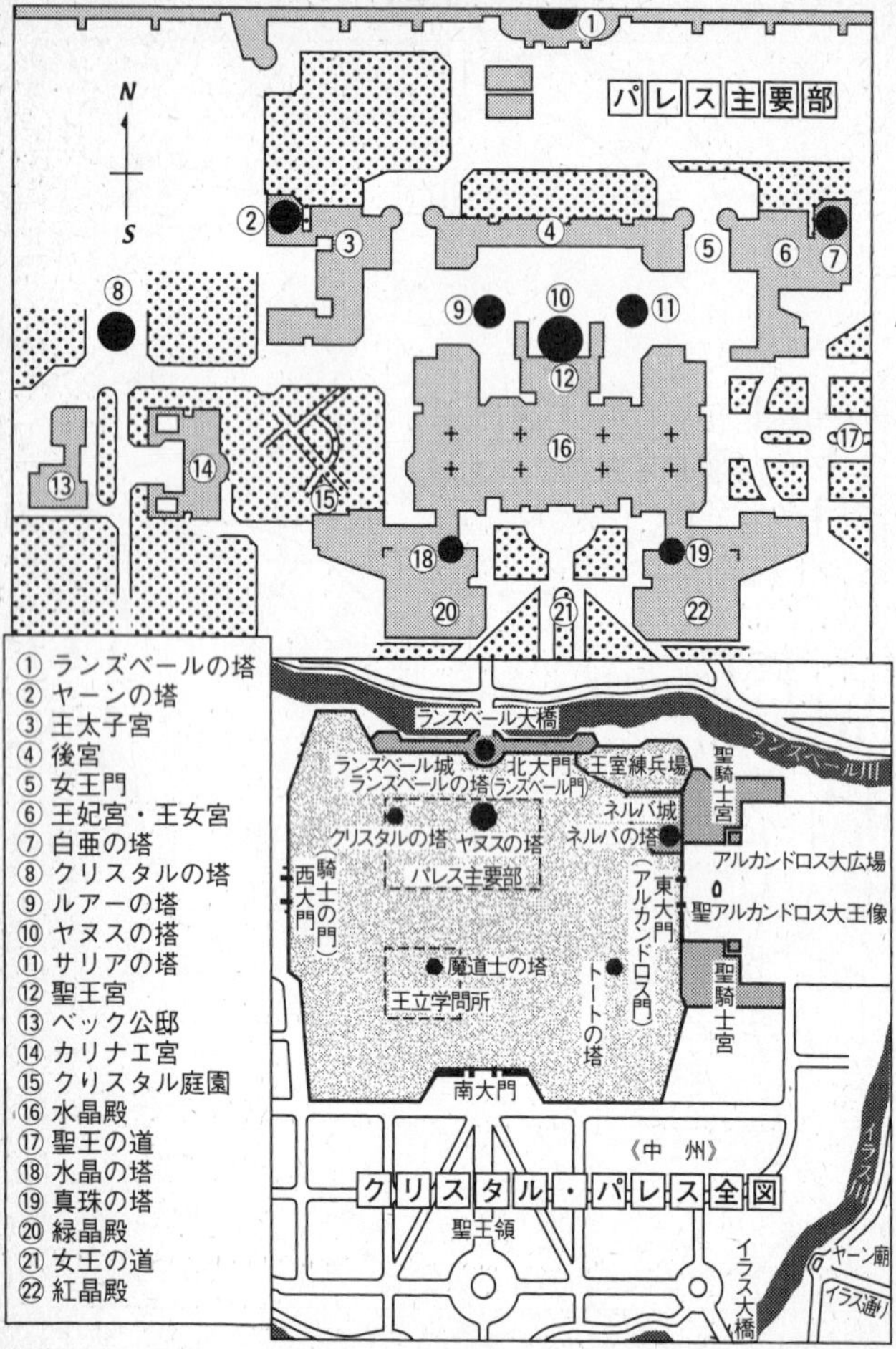

パレス主要部
N
S
① ランズベールの塔
② ヤーンの塔
③ 王太子宮
④ 後宮
⑤ 女王門
⑥ 王妃宮・王女宮
⑦ 白亜の塔
⑧ クリスタルの塔
⑨ ルアーの塔
⑩ ヤヌスの塔
⑪ サリアの塔
⑫ 聖王宮
⑬ ベック公邸
⑭ カリナエ宮
⑮ クリスタル庭園
⑯ 水晶殿
⑰ 聖王の道
⑱ 水晶の塔
⑲ 真珠の塔
⑳ 緑晶殿
㉑ 女王の道
㉒ 紅晶殿
ランズベール大橋
ランズベール川
ランズベール城
北大門
王室練兵場
ランズベールの塔（ランズベール門）
聖騎士宮
ネルバ城
クリスタルの塔
ヤヌスの塔
ネルバの塔
アルカンドロス大広場
西大門（騎士の門）
パレス主要部
東大門（アルカンドロス門）
聖アルカンドロス大王像
魔道士の塔
トートの塔
王立学問所
聖騎士宮
南大門
《中　州》
クリスタル・パレス全図
聖王領
イラス川
ヤーン廟
イラス大橋
イラス通り

魔の聖域

登場人物

グイン……………………………ケイロニア王
ハゾス……………………………ケイロニアの宰相。ランゴバルド選帝侯
アルド・ナリス………………パロのクリスタル大公
ヨナ………………………………王立学問所の教授
リギア……………………………聖騎士伯
ロルカ……………………………魔道師
カイ………………………………ナリスの小姓頭
リンダ……………………………クリスタル大公妃
レムス……………………………パロ国王
アルミナ…………………………パロ王妃
ヤンダル・ゾッグ……………キタイの竜王

第一話　戦慄のイリス

1

「陛下」

入ってきたのは、宰相、ランゴバルド侯ハゾスだった。グインは目を通していた書類から目をあげ、そして苦笑した。

「どうされました。陛下」

「いや、その——おぬしに、陛下、と呼ばれるのは……なんだか、いまだに馴れなくて、くすぐったいな」

「何をいっておられますか、陛下」

ハゾスは得意そうに笑った。こちらはこちらで、「陛下」と呼びかけるとき、もうすでに何回も毎日公式にも、非公式にも使っているにもかかわらず、なんともいえぬほど満足そうで、得意そうな、満悦そうなひびきが加わるのをおさえきれないままである。

「それに、おぬしがそうやってすっかり敬語になってしまったというのもどうも落着かぬ。

二人きりのときには、前のままでいいではないか、ハゾス」

「そうは参りません。陛下は、もはやケイロニア王でおいでになりますからね」

ハゾスは嬉しそうに返事をした。

「私はこれで、頑固なケイロニア人で——けっこう、けじめということに融通がきかないのです。自分のなかで、きちんとけじめをつけておかないと、気持が悪くてたまりませんよ」

「ウーム」

グインは唸った。それから、その問題について追求するのはやめた。

「何か、あったのか、ハゾス」

「少々、パロ問題のことで、御相談を」

「ああ」

グインは書類を机の上においた。ハゾスはそれをすばやく横目で内容を確かめた。光ヶ丘にこのたび、建設がすすめられつつある、アキレウス大帝の隠居所となる小宮殿の設計図と、それについての書類であった。

「陛下は、オクタヴィア姫御一家の住居は、まったく別棟がよいと主張しておられる」

グインはそのハゾスの視線に答えるようにいった。

「だが俺は——それだと、なんというのか……あいだに空間があればあるほど、警護のほうはしづらくなって、人数がたくさんいるようになるので、できることなら、同じ棟にしていただき、まんなかに大きな謁見の間というか、共通の部分をおいて、両翼ということで如何だろうと進言したのだが——陛下は、オクタヴィア姫御一家が、気づまりになられるだろうと、気にしておられるようだ」

「陛下、陛下。もう、あちらは陛下の義父であり、また、陛下にとっても義姉の御一家ということなんですぞ」

ハゾスはまた笑った。

「そのように、他人行儀にお話にならずと。陛下はまぎれもない、ケイロニア王家の代表者であられるのですから」

「ウーム、またそれをいうのか。まあ、おいおいに馴れるさ、ハゾス」

グインは困ったように、吠えるように笑った。かなり略式ではあるが冠をその豹頭の額にいただき、ゆったりとした王家の色の紫の長衣をまとったそのすがたは、神話かサーガの英雄を思わせる。ハゾスはそれをうっとりと眺めた。

「マリニア姫については、やはりどうもあまり回復の見込がないようですな」

「ああ、やはりおぬしとロベルトが心配していたとおり、もともと、聴覚に異常がおありだったようだ。ただ、いまからだと、読唇術と、それとおことばのほうは教えようによってはなんとか多少は発せられるようになるかもしれぬ、と——陛下も、たいへん御心痛でいられるが、この障害で、いっそうマリニア姫にはふびんがかかっておられるようだ」

「あんな、かわいらしい、めったにないほど綺麗な赤ん坊なのに」

ハゾスは悲しそうにいった。

「しかもあのように、音楽に堪能な父君を持っているというのに、お気の毒な。……しかしそんなことがあるものなのですかね。耳がきこえないのに、ことばは出せる、というのは」

「障害があるのは、耳そのものの機能のようなのだよ。ハゾス——だから、唇の動きを読んで、それに返事をするくらいなら、あるいは教育しだいでできるようになるかもしれない、ということなので……パロの情勢があんなでなければ、こういう教育の問題についてはやはり第一人者はパロだ。パロに人をやって、姫の教育にもっとも適したものを探させたいものだが——いまの情勢では、そうもゆくまいな」

「おお、そう、それでそのパロなのですが」

ハゾスは思い出したように椅子をひきよせた。

「昨日また、クリスタル大公アルド・ナリス、いや、唯一正統のパロ聖王と主張するアルド・ナリスからの、ケイロニア政府への正式の文書がかさねて届いて参ったのはもうご存じのはずで……」

「ウム、今朝読んだ」

グインは巨大な大理石の机の上の、美しい細工物の文箱のほうをあごでしゃくってみせた。

「如何なさいますので」

「十二選帝侯会議にかけるまでもあるまい。——また、皇帝陛下にお伺いをたてるまでもない。アキレウス陛下のご意志はこの件に関するかぎりつねにきわめてはっきりとしておられる。これまで、それにはいちるの乱れも例外もなかった。——つまり、いかなる事情ありといえども、外国の内政不干渉の原則、だ」

「それはもう、よく存じておりますが」

ハゾスは首をかしげた。

「ただ、その――私のほうから送り込んだ密偵の情報によりますと……なかなか、クリスタルの情勢もキナくさいようで……」

「アルド・ナリスは、パロ王レムスがキタイの竜王ヤンダル・ゾッグの傀儡とされ、正気を失っていると告発している」

グインは奇妙な重々しい調子でいった。

「それについては、俺も――というか、俺こそがもっともいろいろと、思うこととというか、かかわりのないでもない立場にある。――というのも……」

「陛下は、キタイより、王妃陛下を御救出になった折に、くだんのキタイ王なるものと、遭遇された、とうけたまわっております」

「遭遇、といっていいのかどうかわからぬ。直接当人と会ったというわけではない――ただ、会話はかわしたし、その存在は……まあ、キタイで何がおこっているのか、もっとも根本の正確なところはわからぬにせよ、確かに俺も、このキタイ王の存在は、いずれは中原にとって大きな問題となってくるやもしれぬ、と感じないわけではなかった」

「では……」

「だが、問題はそこだな、ハゾス。――それが、こと、わがケイロニアに及んでくるのであれば、むろんどのような大敵、難敵であれ、迎えうってケイロニアの平和と秩序と伝統を守らねばならぬのはわがつとめ――だが、それがパロのためとなると……」

「さようですな」

ハゾスは難しい顔になった。

「確かに……キタイは大国ですし、それに現在どのような兵力や装備、またどのような国情を持っているかも、鎖国によってまったくわからなくなっております。が、何をいうにも、あまりにもはるかな東方の大国――いま、キタイが兵を動かして、中原侵略に総力をあげるなどということが、おこりうるものなのかどうか……」

「キタイ王が、いずれは世界征服に対して野望を持っていたのは、確かなことだとは俺は思っている」

グインは遠く何かを思い起こすような目でつぶやいた。

「また、それはたしかに通常の人間とも異なっておれば――アルド・ナリスの告発は、キタイ王ヤンダル・ゾッグは異世界よりの勢力であり、それが中原に兵をすすめ、中原を征服せんともくろんでいる、とあるが、それについては、俺も、必ずしもそれがアルド・ナリスの妄想や夢想であろうとは思わぬ。確かにヤンダル・ゾッグは多くの陰謀をたくらんでいたし、シルヴィアの誘拐にせよ、ヤンダル・ゾッグのしたことではなくとも、そのヤンダル・ゾッグの陰謀と密接にかかわりがあって起こったことではあったからな」

「しかし、レムス王がヤンダル・ゾッグの傀儡になっている、などという奇想天外なことがもしまことだとすれば――」

「それについてはわからん。そもそもレムスについては、このところずっと、行動が尋常ならぬ、という評判は――即位以来ずっとあったことでもある。だが、アルド・ナリスからの親書ひとつを信じて大ケイロニアがただちに兵をおこす、ということになってはあまりにも、アキレウス陛下の信条にも、また大ケイロニアの体面にもかかわるだろう」

「はあ……」

「といって、むろん、俺は、その告発がまことであったときのことを考えないわけでもない。もしそれがまことなら、ことはパロ内乱にはとどまらず、まさしくアルド・ナリスのいうとおり、中原全体の帰趨にかかわってくるはずだ」

「さようでございますな……」

ハゾスはあいまいな声を出した。

「ということは……会議には及ばぬと……」

「むしろ、会議にはかけたくない、ということかな」

グインは低く笑った。

「むろん、じっさいに事態が推移することになれば当然、選帝侯会議にもまた、十二神将にもすべてをはからねばならぬ。だが、いまの段階では、まだケイロニアとしては、ナリスがたにも、レムス側にもくみするという表明をするわけにはゆかぬ。わがケイロニアの決定は、事態にきわめて大きな影響力をもつだろうからな」

「それはもう」

ハゾスは考えこんだ。

「ひきつづき、密偵にはしげく報告をいれるよう、催促しておきますが——ただ、これは私の一存ながら、ディモスに領地にかえらせ、パロ国境ワルスタット侯領の、ことに国境周辺とワルド山地の自由国境地帯の警備をかなり厚くさせておいてもかまいませぬか。これだけは、私としては、ぜひともやっておきたいことなのですが」

「おお、むろん、それについては俺には何の異存もない。むしろ俺のほうから、いずれディモスにそう頼もうかと思っていたほどだ。ディモスには、少し金猿騎士団をつけてやり、さらに積極的に、自由国境地帯から先の情報収集にあたらせたい」

「おお、では、それは私が差配してかまいませぬな？　まあ、まだ、ワルスタットになんらかの騎士団をさしむけて常駐させるほどのことはないと思うのですが。ただ、いずれ動けるようにいくつかの騎士団には、心がまえはさせておきとう存じますが」

「そうして貰おう」

「たぶん——白虎騎士団あたりを？」

「いや」

グインはゆっくりと考えをめぐらすようすだった。

「黒竜騎士団を」

「なんと」

ハゾスは鋭くいった。そして、豹頭の国王をじっと見つめた。

「陛下。——では、陛下は、じっさいにはかなり、この事態に対して警戒なさっておられるのですな」

「それは当然だ、ハゾス」

グインは重々しくうなづいた。

「俺は——実際に、この近年のキタイの情勢を、内部にまで潜入して見てきたのは、俺だけなのだぞ。——もっともキタイの実力や脅威を肌身で感じることを得ているのもまたたぶん俺だろう。——金犬騎士団でもと思ったが、ゼノンは……ユラニア国境にいつなりと全金犬騎士団をさしむけられるよう、おいておきたい。あちらはあちらで、かなりキナくさいようだ」

「ああー」

ハゾスはうなるような声をあげた。

「また、ゴーラの厄介者が」

「ゴーラ王イシュトヴァーンは、俺のカンに間違いがなければ、遠からず、クムないしケイロニア相手に戦闘——というべきか、それとも侵略というべきか、いずれにせよ、兵をすすめようとしてくる」

グインはきっぱりと云った。

「現在はモンゴールから戻ったところで、新首都イシュタールの整備に気をとられているようだが、そちらがおさまりしだい、必ずや周囲に目をむけてくる。まず最初にイシュトヴァーンがキバをむくのはおそらくクムだとは思うが――ケイロニアよりもくみしやすい相手である上に、クムを手に入れれば最終的に旧ゴーラ三大公国のすべてが新ゴーラ帝国の手中におちることになるからな。だが、そうなれば当然クムからはケイロニアへの援軍要請もくる――アキレウス陛下の、外国への内政不干渉原則も、いずれ近いうちに、非常な試練のときを迎えることになる」

「そうでしたな」

ハゾスはゆっくりと反芻するようにいった。

「イシュタール――もとのバルヴィナが、イシュトヴァーン王の名前にちなんで、そう改名され、急な改造工事がすすめられているのでしたな」

「イシュトヴァーンは極端に、ゴーラの体制強化と国家としての体裁作りを急いでいる。同時にゴーラ軍の育成もだ。足元を固めつつ、領土をひろげることに虎視眈々としているというわけだ。クムが併合されれば、いずれはゴーラの目はケイロニアにむく――どうしてもそうなるだろう。いずれは、ケイロニアとゴーラは正面からぶつからざるを得ぬ――パロ内乱に介入する前に、この見通しについても、よくよく検討しておかざるを得ぬ」

「一説では、イシュトヴァーン・ゴーラは、パロ内乱の両勢力のいずれかにくみするだろう、それを口実に、パロにゴーラ軍をすすめるのではないか、という、うがった見方をするものもありますが」

「そんなことをいうのは、アルマリオンどのあたりだろう」

　グインはうすく笑った。

「確かにその可能性もなくはないが、そのためには、まず、ゴーラ軍がクムを通過するためにクムを制圧するか、あるいは、サンガラからワルド山地東部の自由国境地帯をぬけなくてはならぬ。もうひとつ、トーラスから国境を出てクム南東部を大回りしてゆくというルートもあるがな。そのためには今度は逆にモンゴールがおさまっていなくてはならぬ。――モンゴールは、いまだ、かなりこのたびの併合に不満を持っているようだし、そのために、ゴーラ王はモンゴールの反乱をおさえるため、かなりの弾圧をトーラスに加えているという情報もある。――モンゴールを補給基地としては、なかなかに大軍を動かすのは辛いだろう。そして、サンガラの自由国境地帯を南下してパロに入ろうと動くなら、必ずアレイエ周辺でサルデス侯騎士団の警備とぶつかり――戦端が開かれればまさにケイロニアと正面衝突のきっかけとなる。――いや、いずれにせよ、いまのゴーラはなかなか、そうやってパロ内乱に介入するのは困難な状況にあると俺は思うぞ」

「これはもう、本当にただのうわさですが、イシュトヴァーン・ゴーラこそ、もしやしてキタイ勢力と通じているのではないか、というものも――これは、密偵が、クリスタルで仕入れてきた、ただのうわさ、流言飛語のようですが」

「そうなるともう、真相は知れたものではなかろうな」

　グインは首をふった。

「いずれにせよ、今日の午後は俺はアキレウス陛下にお目にかかり、いろいろと御相談する用件がある。そのおりか、そのまま夕食をともにするだろうから、そのときにこの情勢についてもお話し申上げてみるさ。いずれはなんらかのかたちで、陛下の内政不干渉主義は破られてしまうかもしれませぬ、ということをな」

「まあ、それはむろん、情勢がかわれば主義とても変わらざるを得ませんからな」

ハゾスは重々しげに云った。

「その点は皇帝陛下も、それほど主義に拘泥して事情を見ないようなおかたではあられないし。——しかし、近々に出兵、というような事態にならないといいのですが」

「まあ、なるようになるさ」

「それは、もちろんそのとおりで」

ハゾスは首をふって、その話を打ち切った。

「わかりました。国王陛下がそのようにお考えになっておられるなら、私としても心の準備というものがかためやすいかと。——ところで、最近、王妃陛下のお加減……というか、御機嫌は如何です？」

「ウム……」

グインはちょっと困惑したような顔をした。といっても、豹頭のことゆえ、それほどはっきりと表情がかわるというわけでもなかったが。

「最近また、ちょっと御機嫌がよろしくないようだ、といううわさをうかがったので……ぶ

しつけですが、陛下と私の仲に免じて……」

「ウーム……俺には、もしかすると、所詮女心というものがなかなか理解できんのだろうかな、ハゾス」

「何ですと」

ハゾスは目を丸くした。グインは困惑したようすだった。

「俺が——国政のことにばかりかかりきりで……そういわれても、俺としては、引き継ぎもあれば、また陛下は光ヶ丘の小宮殿にすっかり夢中でおられるゆえ、その工事も急がねばならぬし……それにこのような国際情勢の折ではあるしな……だが、俺が、国政のことにばかりかまけて、新婚だというのに、いっこうに家庭をかえりみない、と……毎晩のように責められるのだが……俺は、そんなに、悪い夫かな、ハゾス」

「ぷ」

思わず、ハゾスは口をおさえてこらえようとしたが、おさえかねて吹いてしまった。グインはめったにしない、うらめしそうな目でハゾスをみた。

「俺は、真面目にいってるのだぞ、ランゴバルド侯ハゾス・アンタイオスどの」

「これは、失礼をば」

ハゾスはあわてて真面目な顔をとりつくろった。

「いや、しかし……それこそ、それは……のろけられた、というものではございませんので？　わたくしには、そのようにきこえましたが」

「のろけ……俺がか？」

「国政にかまけて、新婚だというのに、いっこうに家庭をかえりみない……具体的には、どのようなことを、王妃陛下は怒っておられますので？——これでもわたくしは結婚してからもう二十年になります。なんでも、この件についてだけは、先輩として御教示できますぞ」

「じゃあ云うが」

グインはおもはゆそうに云った。

「その——新婚というのは、いつぐらいまで続くものなのだろう？——あれは、俺が、あまりに早く新婚の夢から醒めてしまった、先にひとりでとっとと仕事、仕事の日常に戻っていってしまった、といたく不満らしいのだ。——ふたことめには、だっていまはまだ私たち新婚なのよ、蜜月なのよ、一番二人きりでいたいときじゃないの、だのに二人きりで旅行にもいってないし、二人きりですごす時間があまりにも少なすぎるし、第一あなたは、そのう……」

「は……」

「冷たい、と……姫君はおおせになるのだが……」

グインは閉口したように口ごもった。

「くそ……その、何といっていいんだかわからん。——つまり、その……王妃陛下は、もっと、その……」

「ははあ……」

「その……夫婦として、だな、その、しかるべくその……もっと……まめに……その」

「はははは」

「笑いごとではないぞ、ハゾス」

グインはひどくうらめしそうにハゾスを見た。

「ウーム――やはり、俺はどうも女性《にょしょう》の扱いが下手で、ちっともわかっておらぬのかもしれぬ。――姫は……なんというのだろう……もっと、ロマンチックな雰囲気をお望みらしいのだが……」

「うぷっ」

とうとうハゾスは吹出した。グインはますますうらめしそうだった。

「おぬしは笑うが……俺の身にもなってくれ。俺は――俺は、豹頭だぞ、ハゾス」

「何をおおせられることやら」

ハゾスはとうとう、こらえかねて身をよじって笑った。

「豹頭はこのさい、かかわりございますまい。――どうして、王妃陛下のご希望どおり、甘く優しい恋人どうしとして、構っておあげにならないので」

「だから、俺は豹頭だといっとるではないか」

グインはいっそう、うらめしげに云った。

「俺にどうしろと……シルヴィアはいうのだろう。あれと一緒に月を見たり、甘いことばをささやいたり、キタラのひとつもかなでて、うるわしい愛を誓ったり……そんなことをもし、期待していたのだとしたら、それを……それをこの豹頭がやっているところを想像してみてくれ。俺は、戦場で敵の首を切りとばしているほうがどれだけ楽か知れん」

「こう申しては何ですが、王妃陛下の困ったところは、一番、そういうことの苦手そうな男児にばかり、そういう……なんと申しますか、そういうことをお求めになるところですな」

　ハゾスは苦笑した。

「これももう、めでたく御夫妻になられた以上時効だと思って申上げますが……御結婚よりずっと前、まだ王妃さまがディモスをお好きであられたころ、ディモスのやつが、何回そのようなことをいって私にぼやき、嘆いていたかわかりません。俺ほどの朴念仁はいないものを、こんな野暮天の、甘いことばを女性にかけたり、優しく恋を語ったりするようなすべなどひとつも知らない人間に、いったい何をお望みなのだろう……といって。が、そもそも、ケイロニア男ですからなあ、ディモスも……私も——陛下も」

「俺は、ケイロニア男じゃない。俺はランドックの人間だ」

「陛下はケイロニア人ですよ。それもきっすいの」

　ハゾスは満足そうにいった。

「何から何まで、ケイロニアそのものの精髄ですとも。朴訥で、剽悍で、正直で、率直で、そして誠実で」

「それは……それは、まあ、そうでありたいと常に願っているのだが……」

「キタラをつまびいて美しい声で歌って、そして優しい愛のことば、気のきいた話題……そんなのは、さぞかし、ササイドン伯がお得意に違いないが、ああいう男性では、たぶん、王妃さまはまったく御信頼になれないんでしょうね」

「ササイドン伯か」

グインは難しい顔をした。

「それももうひとつ頭が痛い。これはロベルトがいっていたことだが……」

「ああ、云っておりましたね。パロで内乱が激化した場合……ササイドン伯としては、非常にいたたまれないお心持になられるのではないか、と。――私は、ロベルトのいうことは、つねに信用して心にとめておくことにしているのですよ。これまで、何回も、それで痛い目を避けられたことがありましたからね」

「皇帝陛下のいわれる、ヤーンの視力というやつだろう。……だがまあ、それについては、取越苦労をしてもしかたがない。……お子もあのような状態であることだし、いくらマリウスといえども……いま、いかに兄の身が気になるといっても……」

「だと、いいのですが。私にはいまだに詩人などというものは何をどう考えるのか、予想がつきませんで」

「それは、俺もだ、ハゾス」

グインは閉口したようにいった。

「だからこそ……詩人であれば女人の心をつかみ、なだめるのも簡単なのだろうな、とうらやましくもなるのだが。じっさい、女人というものは、どうしてああ、うなぎ《ライク》のようにつかみにくくて、ヴァシャのようにとげだらけなのだろうな」

その、閉口した口調のなかに、困惑しながらも深い愛情が感じられて、ハゾスは微笑しながらグインを見つめた。グインはちょっと溜息をついた。彼の並外れて逞しい肩にさえ、この問題は荷が重い、といいたげなようすだった。

2

だが、何のかのといったところで、平和そのもののようなケイロニア、サイロン——そこから、しかし、数百モータッドはなれたクリスタル市の周辺では、いまや、ついに火を吹いた内乱が本格的な戦闘へと移って行こうとしていた。

「アル・ジェニウス！　お加減はいかがでございますか？」

ひたひたと走り続けていた御座馬車がようやくいったんとまる。すぐに、リギアが馬をよせて走り寄ってきた。

「大丈夫だよ。なんともない」

「よかった」

リギアは、ヨナに窓をひきあけさせて、青白い顔をのぞかせたナリスを見るとほっとしたようだった。

「まもなくローリウス伯のカレニア軍と合流できます。もうあと五分《タルザン》ばかりの御辛抱でございますから」

「ああ。先を急いで」

ナリスはいらえ、うなづいてみせる。ヨナがまた、窓をするするとしめ、御者に声をかけると、また馬車はひたひたと走り出す。その周囲を警護するクリスタル義勇軍も、一瞬命令を待って止ったが、またすぐに馬のものは馬にムチをあて、徒歩のものは遅れぬよう足を早めた。といっても、馬のものはかなり少なく、騎士団を編成するほどはいない。大半——というか、九割がたが、徒歩で、馬車のまわりに主として騎馬のものが配置されている。カラヴィアのランは片目に黒い眼帯をまき、その五、六十人ばかりしかいない騎馬のものを統率して馬車の護衛にあたっている。

馬車のなかはこおりついたような雰囲気がたちこめていた。人質として同行させられたラーナ大公妃は、激怒をかみしめているのだろう、ひとことも口をきかぬ。ナリスもそれを気にとめるようすもなく、青白いおもてを母にむけもせずに真正面を向いていた。ヨナも、カイも、まったく口を開かぬ。大きな馬車のなかには、あと、護衛と連絡のために、魔道師のロルカが乗組んでいるだけだ。

逃亡をこころみたり、体の不自由な聖王に危害を加えようとたくらんだりせぬよう、非情なヨナはラーナ大公妃の両手首を縛りあわせ、膝の上にそろえさせて、その上から大きなショールで包み込んで馬車の一番奥にすわらせていた。ナリスも大きな毛布であたたかく包まれていたので、同じような格好をした親子は、これほどにくしみあい、敵意をいだきあっている間柄でありながら、すっぽりと包み込まれたなかからあらわれている細面の端麗な顔が奇妙に似てみえた。

「ナリスさま。……おのどがおかわきではございませんか？」

カイがつと声をかける。ナリスの頭がかすかにうなづくのを見ると、すぐに用意の冷たいカラム水の吸呑みがその唇によせられる。

「有難う、カイ」

「もう、すぐにおやすみになれますから……」

「ああ」

それぎり、また馬車のなかに沈黙が落ちる。

ふいに、ヨナが身をおこした。

「どうしたの、ヨナ」

「なんだか……いや、やめましょう」

「どうしたの？ 云ってご覧」

「妙な胸騒ぎがします。——でも、私は魔道師ではございませんから……ロルカどの」

「………」

「なんだか、上に……何かの気配を感じるのは……私だけですか？」

「………」

ロルカは、つとヨナの手をとった。接触して送り込む心話はほかのものにはきけぬ。

（私も気づいておりました。——何か、大きなものの気配——黒い。翼……敵）

（やはり？ 上に……何かつよい《気》の流れがあるように感じたのは、私の錯覚ではなく？）

（おそらく。御心配なさいますな。いずれにせよ、かの国王側の見張りはどうせついているはずです……それに、外にいる魔道師軍団がもう気づいております。とりあえず、カレニア軍と合流するまでは、このままが一番）

（わかりました）

ヨナは、同じことをナリスに伝えるよう、ロルカをうながした。ロルカがナリスに、同じく接触心話で報告しているのを、目を細め、しきりと何か考えながら見守る。

ローリウス・カレニア伯爵ひきいるカレニア軍との合流は、ルーナの森の西端——森をぬけて、もののあと五分もゆけば、二千の剽悍なカレニア軍がナリスの守りにたつ。そうなれば、クリスタル義勇軍とあわせてほぼ三千、そしてサラミス公騎士団も、要請により、ナリスを迎えるべく動き出しているはずだ。

（一刻も早く……ナリスさまを、無事にカレニアに……）

それだけが、いま、参謀長のヨナ以下、ナリス軍に加わっているものたちすべての悲願である。

うしろから、ジェニュアの追手がかかるようすはなかった。ジェニュアは、あるいはナリスの脱出にまだ気がついていないのかもしれないが、気がついたとしても、あえて追手をかけるところまで、敵対する気にはなれぬかもしれない。それもまた、ナリスとヨナの計算には入っている。ジェニュアはいったんはナリスを王として迎え入れた。かりそめのとはいえ、ナリスの要望に応じて、ナリスに聖王の仮戴冠の儀式までもほどこしたのだ。

それは、のちのち、レムス側には、激しく糾弾されることになるかもしれぬ行動だったが、それだけに、ジェニュアは、たとえナリス軍に勝ち目なしと見越してナリスを裏切り、レムス側に寝返る決意をかためたとしても、「万一にも、ナリス軍が勝利するような場合」についても考えるだろう。いずれにせよジェニュアは軍隊ではなく、宗教団体なのだ。追手をかけたところで、ナリスを守る精鋭たちに立ち向かうだけの兵力はない。

(それよりも……)

あえて、その身を盾として、ナリスを無事にカレニアに逃すために、クリスタルからついに進撃してきたベック公の征討軍を引き受けたルナン聖騎士侯らの軍勢の帰趨が、ナリスたちにはもっとも気にかかっている。

だが、それについての情報はまだない。こぜりあいはくりかえされているのだろうが、激しい戦闘が行なわれている、という気配もこのルーナの森からでは、知るすべもない。

(くそ……)

ヨナは、頭上高く、あやしい巨大な黒い翼をひろげた不吉な怪鳥が、赤く光る目で見下ろしながら悠々とナリス軍の疾走を追尾しているさまを思い描いた。

その怪鳥には、竜のウロコがあるのかもしれぬ。無事に合流できたカラヴィアのランと、ほとんどちゃんとことばをかわすいとまもないままの脱出行だったが、それでもわずかな小休止のあいまに、ランたち体験者の口から、あのアルカンドロス大広場に出現したぶきみな竜頭の怪物の恐怖もきかされていた。それに対して、どのように対処していいのか、それについてはまだヨナの叡智をもってしてもわからぬ。

(魔道師軍団の力で……立ち向かえるものなのだろうか……)

ジェニュアに入る前にあらわれたそやつらについては、〈闇の司祭〉グラチウスの力を借りねばならなかった。

が、魔道師ギルドの魔道師たちとグラチウスではかなり力そのものが歴然と違う。

(歴史そのものが……魔道も含めて、おおいなる転回点にぶつかろうとしているようだ……)

ヨナは、青白い横顔をみせてじっと座っているナリスを見つめながら、そう考えた。

そのときだった。

「あ!」

激しい衝撃があり、馬車が乱暴に停止した。

「ナリスさま!」

咄嗟に、ヨナとカイが同時にナリスの両側からナリスを抱きとめた。三人とも、青白くかよわげな、あまり戦いとは縁のない——ナリスにいたっては論外だったが——少女のようなほっそりとした連中ばかりである。ひしと身をよせあったまま、すわこそ敵襲か——と顔を見合せたありさまは、なんとなく、みるからにひよわな乙女たちがひしといだきあったさまを思わせた。

それでもヨナはすばやく帯にさしこんでいた短刀をぬきはなった。ラーナ大公妃はけわしい目を伏せたきり、何ひとつ声も出さぬ。

「どうした！」

ヨナはそっと窓を細くあけて御者に声をかけようとした。その耳に、いきなり激しい喚声と、そして荒々しいひづめの音の入り乱れるのがきこえてきた。

「アル・ジェニウスっ！」

馬車にぴたりとよりそってきたランが、窓を叩く。

「敵襲！　敵襲であります。大丈夫です。クリスタル義勇軍がお守りいたします！　決してお外にお出になりませぬよう！」

「わかった」

「敵は！」

ヨナは窓を少しだけあけて叫んだ。

「敵はどんな？」

「国王騎士団、およそ一千！」

すぐにランのいらえがかえってくる。ヨナはおもてをひきしめた。

「一千！」

「大丈夫、カレニア軍とは連絡がとれている！　うまくゆけばうしろからカレニア軍がはさみうちにできる！　我々とて、アル・ジェニウスに命を捧げた身！」

ランは怒鳴りかえすとすぐに馬をかって、指揮するために馬車からはなれた。かわってリギアが馬車についた。

「ナリスさま、どうやら待ち伏せされたようすです」

職業軍人のリギアのほうは、ランよりはいうことが手厳しい。

「我々がルーナの森を抜けたところでカレニア軍と合流するという計画でいたのを、あらかじめ見破られていたとしか思えません。ディランがカレニア軍と連絡をとっております。——お馬車のまわりには魔道陣をしき、わたくしの騎士団がお守りいたします！」

「わかった」

ナリスは余計なことは何もいわない。

「それ、見たことか」

にくらしげにラーナ大公妃がつぶやいた。

「お前如きの小知恵など、とくに聖騎士侯たちには見破られておったのだわ」

「大公妃殿下」

ヨナがぐいと乗り出した。

「お身がいまどのような状況においでか、お忘れになりませぬよう。——つまらぬことをおおせになって、聖王陛下のおからだにさわるようでしたら、失礼してさるぐつわをかませさせていただきますぞ」

「ふん」

大公妃は荒々しくヨナをにらみつけてそっぽをむいた。

ナリスは苦笑したが、何もいわなかった。もうその白い顔は、母の一挙一動に動揺するようすもない。

「ナリスさま、御心配なさいませぬよう」

ヨナはそっとその毛布を直してやりながら囁いた。

「とにかくカレニア軍もすぐ近くにおります。大公妃殿下も人質にとってあります。とにかくどのようなことをしてでもここを切り抜けて」

「ヨナ、心話を」

「あ、はい」

ヨナはすぐ、ナリスの冷たい手を探った。

(ヨナ。母上にはきかれたくない。——やはり、待ち伏せだったな。ロルカの報告もあったし、いずれただでは合流できぬだろうと思っていた。——もしかすると、カレニア軍のほうにも、レムス軍が手を打っているかもしれぬ)

(つまり、あちらにもあちらで敵軍がさしまわされ、動きがとれぬよう——カレニア軍は別の敵とすでに戦闘に入っているかもしれぬと?)

(ああ。さきほどから、なんとなく、遠くからそんな——戦いの物音ととれなくもないざわめきがきこえているような気がしていた。潮騒のようにもきこえたけれど、ここの近くには海などないのだからね)

(それは……私にもきこえておりましたが)

(やはり私のおそれていたとおり――こちらの動きはすべて、竜王につつぬけで……そしてわれわれはまんまとワナに飛込んだということかもしれぬが……)

(それならばそれで、そのワナを突破してあくまでもナリスさまをお守りしてカレニア軍のなかに飛込むまでです)

ヨナの思念は激しかった。

(たとえ武術はつたないといえど、クリスタル義勇軍一千のすべてが、そのいのちをナリスさまに捧げる覚悟でおります。この覚悟だけはなまなかな騎士たちではどうにもなりますまい。――かれらはさいごの一兵まで、ナリスさまのためにいのちを落とす覚悟です)

(国王騎士団が一番――レムスに近い。聖騎士団ならかえって、多少安心できるが……国王騎士団は、レムスにとりこまれ、つまりは……竜王に直接あやつられている可能性が一番大きい)

(はい)

(母上を人質にしても、どれだけの効果があるかはわからないね)

ナリスはかすかに苦笑した。それから、もう、すべての運を天にまかせる、というかのように、豪胆に目をとじ、じっと馬車の椅子の背にもたれてしまった。

カイが健気に戦いの準備をととのえているのを、ヨナは見つめた。そして、そっと、とまったままの馬車の扉を内側から、あらかじめ打合せてあるとおりの叩きかたで叩き、それから扉をあけてするりと外にすべり出た。

「ヨナ先生！」

リギアが騎乗のまま、それを見付けてすばやく寄ってきた。御座馬車は、ルーナの森をあともうちょっとで抜けられる、というあたりの、ちょっとだけ広くなっている草地にとまっている。木々のあいだをびっしりと埋めるようにして、リギア伯騎士団の精鋭たち、そしてそのまわりにさらに紫の布をつけたクリスタル義勇軍の面々が馬車のまわりをかためている。

「なんだかジェニュア街道をぬけてジェニュアにとびこんだときのことを思い出すわ！」

リギアはまだ落着いていた。

「おかしいな」

ヨナは低くつぶやく。リギアがききとがめた。ランは指揮にまわっているのだろう、近くにはいない。

「どうしたの、先生」

「奇襲をかけるのだったら、もうちょっとだけ待てば――こんな木々の多い森のなかでは、寄せ手の人数がかなり多くてもあまり意味をなさない。木々が邪魔になって、陣もしけないし戦う場所もない。――どうして、もうちょっとだけ待って森をぬけてからではなく、いま、襲撃をかけてきたんだろう」

「それはもちろん、森をぬけたらカレニア軍と合流してしまうからだと思うわ！　それだけのことよ、きっと」

「だったら、森に入るまえに、ジェニュアの郊外でとめたほうが確実だったはずです」

「それは……私にはわからないけれど……」

リギアは一瞬、困惑したようすをした。それから、首をふった。

「いいわ、でも私にとってはこの森のなかのほうが、ナリスさまをお守りしやすいもの。さあ、大丈夫だからここは私にまかせて、ヨナ先生。ナリスさまについていてさしあげて。私はランからさいごの要請がこないかぎり馬車からはなれずにここでお守りしているから」

(この森のなかだと、馬車を走らせて突破する、といっても……)

ヨナはだが、すぐに馬車に戻ろうとしなかった。あたりを、そっと注意深く点検するかのように眺めながら、しばし、馬車のステップに足をかけて立ち止まっていた。

(ジェニュア街道のように、必死の防衛線を精鋭部隊に張らせて、それで一気にナリスさまだけをお守りして安全な場所まで馬車を突っ走らせる——ということはできない。走ろうにも、これだけ赤い街道がせばまって森のなかを抜けている場所を、ぎっしりとこれだけの兵士たちが埋めているのだから……逆にある意味、ナリスさまは馬車にとじこめられて動きがとれない、ということにもなる。——カレニア軍がもし、ナリスさまのいわれるように他の軍隊と衝突していてここに合流にこられないとすると……この状態はもののみごとに袋小路に追い詰められたのと同じことになる……)

ヨナはそれでもまだ絶望してはいなかった。くちびるをかみ、あれこれと考え巡らしながら、つと夜空を見上げる。

そして、かすかに、息をのんだ。

(あれは……)

ヨナも、王立学問所で多少の魔道をおさめている。魔道師とはいえないが、まったく、魔道にかかわりがない、魔道的な素養がないというわけではない——現に心話もできるし、魔道の上級ルーン文字も読める。

その、目にうつったのは、ぶきみな夜空だった。

夜空があやしく変形している——確かにさきほど馬車を走らせてジェニュアから、ナリスを守って脱出してきたときには、青白い満月が中空にかかり、ひっそりとあやしい、だがしずかな夜であったはずだ。

だが、いま——

夜空は、どこがどうとははっきり指摘できぬのだが、確かに変わっていた。

(なんだか……妖しい気配がたちこめている。——空が空でなく……なんだか、すべての雲が……生命を、闇の生命をでも持っているかのようだ……)

どこかおぞましい、ぞっとするような敵意と違和感にみちた、異形の夜。

月——青ざめた美しいイリスの女神もまた、黒いあやしい雲にどろどろとおおいかくされ、襲われて悲鳴をあげてでもいるかのようだ。

(近くにいる……何か、邪悪なもの、巨大な力、何かとても……よくないもの……)

「ロルカどの！　ロルカどの！」

ヨナは声をあげて呼び、激しく馬車の戸をたたいた。ロルカがすっとあらわれた。

「はい。ヨナさま」

「この気配――感じますね？」

「――ああ」

ロルカはすぐにうなづく。魔道師のフードの下で、目が妖しく青く光った。

「近くに……かなり巨大な《気》がおりますね」

「魔道師軍団を御座馬車の周辺に結集させて。それから、結界を強化し……」

「本当を申上げますと、大公妃さまを別のところに移したいのですが」

ロルカが低くいう。

「大公妃さまは、敵に通ずるお気持を抱いておいでのおかた。――魔道師軍で結界を強化するのに、そのなかに大公妃さまがおいでだと、邪魔になります」

「リギアさまに頼んで、別の場所に大公妃さまだけを移しましょう」

言下にヨナはいった。そしてリギアを呼び寄せてその指図をした。

「ただし、場合によっては大公妃さまには、薬でもさしあげて眠っていただいたほうが――これだけまわりが邪悪な《気》で包まれていますと……こちらの軍の内部から呼応する《気》がちょっとでも出ているとそこが突破口になってしまいます」

「ロルカどのにまかせます。黒蓮の粉でも差上げて」

「わかりました」

「この《気》は——やはり……?」

「おそらくは……」

(当人、か)

いよいよだ——

ヨナは、ぎりっとくちびるをかむ。

リギアの部下たちが、縛られたままの大公妃を馬車からつれ出してゆくのを、ナリスはひとことも発さずに無感動に見守っていた。ヨナがまた、広くなった馬車に乗込んでくるのへゆっくりと目をむける。

「ナリスさま」

「何か、つよい《気》があるね」

ヨナが何かいうより早くナリスが低くいった。ナリスもまた、魔道帝国の王子として、幼いころから魔道を学び、魔道学の初歩は身につけている。

「はい。ナリスさま」

「あれ?」

「はい、おそらくは」

「いよいよ、お出ましというわけか」

「とりあえず魔道師軍に魔道陣と結界を強化させせましたが……こちらでいま、一番魔力の強いのが、ロルカ魔道師とディラン魔道師ですから……」

「あまり期待できないな、いや、これは二人をいやしめるつもりではないけれど。敵が強力すぎる」

　ナリスはつとおぼつかぬ手をあげて、右手にはめた指輪をまさぐった。

「最初からここにおびきだそうという魂胆ですべてが仕組まれていたのだとすると……いよいよ、ここが私の……正念場かな」

「私もそれほどまでに相手の思いのままに動かされていた、などとはどうしても思いたくもありませんし納得もゆきません」

　ヨナは固い表情で囁いた。

「よろしいですか、ナリスさま。まだ望みはあります。決して……決して早まったお考えをおこされませんよう」

「まだ、望みはある、というんだね。いつもながら正確だね、お前の物言いは、ヨナ」

「………」

「大丈夫だよ。早まってただちに自害したりはしない。ぎりぎりまで、戦うよ、私だって」

「お願いいたします」

　ヨナは短くいった。

「もしも、本当にいまはこれまでというときには、わたくしからも――わたくしからも、いまがそのときでございます、アル・ジェニウス、と申上げますから」

「わかった」

「ナリスさま」

　ロルカが馬車のなかに入ってきた。

「御報告を。カレニア軍はやはり、ルーナの森西南、アレスの丘のあたりで、聖騎士団の大軍と遭遇し――いま激戦に入っております」

「アレスの丘」

「ここから馬で二十タルザンもかからぬ場所ですが、丘のむこうですのでここからは見えぬところです。聖騎士団を率いているのは――リーナス伯とのことです！」

3

森の上に——

黒い、巨大なにものかがたゆたっていた。

それは、よく見ると、黒い巨大な怪鳥のようにも見える。だがまた、そんなはっきりとしたかたちはないかのようにも見えるし、長々とのびた蛇かなにかがわだかまっているようにも見える。

そして、ただひとつ確かなのは、それが、蒼い、イリスそのものかとも思えるような冷たいひとつ目でじっと地上のありさまを眺めおろしている、ということだった。空中に、まるで不吉なおぞましい黒雲のようにわだかまったその怪物は、じっと地上を検分するかのように見下ろしている。

そのあやしい目に見下ろされて、地上ではいまや、この夜の底で猛烈な戦いがくりひろげられていた。

もっとも、猛烈といっても、全面的に大軍と大軍どうしが正面から激突し、すさまじい勢いで勝利を得ようとする、そういうたたかいではない。それだけの広い場所はこのルーナの森のまっただなかに求めるのは不可能だった。

木々がおいしげり、下生えが足をからめとろうとする。枝からは鬱陶しくツタがのびて枝と枝をからめており、そしてそのあいまのところどころにぽかりと小さな空間がある——その、深い森のなかを、ひとすじの、あまり太くもない赤い街道がのびている、それが戦場である。襲いかかってきた国王軍も、それを迎えうち、大切な聖王の馬車を死守せんとするクリスタル義勇軍も、陣を張ることも、得意のさまざまな戦法を駆使することもできず、木々のあいだからいつ突然おどりだしてくるかわからぬ敵を待って、それと激しく戦うほかどうしようもなかった。

大剣をふりまわせばたちまちうしろの木の幹にくいこみ、抜けなくなってしまう——ウマも、かろうじてまともに動けるのは赤い街道のレンガ道の上だけだ。ちょっとでも森のなかに入ってゆけば、たちまち下生えに足をからめられてウマは身動きがとれなくなる。

それゆえ、兵士たちは両軍ともに、しだいにウマを捨て、とびおりて短剣をひきぬき、文字どおりの白兵戦に突入していた。その意味では、アムブラの狭苦しい家々のたちならぶ下町をわが縄張りとし、もともとウマをもたぬ徒歩《かち》だちのものが多いクリスタル義勇軍のほうが、やや分がよかったかもしれぬ。

本来ならば、しょせん素人の集まりでしかないクリスタル義勇軍にとっては、鍛えぬかれた職業軍人の国王騎士団にたちむかうなど、あまりにも荷が重く、無謀にすぎるこころみであっただろう。たとえ人数が倍していたといえども、職業軍人の前では歯もたたず、あっという間に掃討されてしまっていたはずであった。しかも、人数さえも、国王騎士団のほうがどうやら若干多い。

だが、この場所であったがゆえに、クリスタル義勇軍も、それほどに絶望的な、一方的におしまくられる戦いではなく、なんとかくらいついて対等に戦っていた。ランはひっきりなしに声をからして、「さしで戦うな……大勢で一人を囲め！　一人づつ、やっつけてゆくんだ——そうすればいつかはこっちが勝つんだ！」と怒鳴り続けていた。この森のなかでは、陣ぞなえもへったくれもあったものではなかったこともある。

「——ヨナ」

ナリスは、偵察をおえてふたたび馬車のなかでぴったりと寄り添っているヨナにむかってささやいた。

「はい、アル・ジェニウス」

「さっき、お前がいったことだが——なんだか、いぶかしいね」

「はい」

「確かに……これだけの人数、それにしょせんは寄せ集めの町人たちの烏合の衆——もうちょっとだけ泳がせて、ルーナの森を抜けてそれこそアレスの丘のふもとのやや広い草原に出たところで、一気に取り囲んでしまえば——私たちにはもうどうすることもできない。なぜ、性急にこの森のなかでいきなり襲いかかってきたのだろう」

「はい……」

「なんだか……真綿でじりじりと首をしめられているような気がする」

ナリスはいくぶん蒼ざめた唇で笑った。だがそのおもてには動揺の色はなかった。

「だんだん、しかし、そうやって敵のもくろみがはっきりしてくる――やつらは、私を追い詰め、追い詰めようとしている……もう、どうにもならなくなるまで――ちょっとでも安全な巣から追い出し、身をひそめられる小さなかくれがからつつき出し――カレニアへ落ち延びようとするのは見逃し、そしてこんな森のなかで襲いかかってくる……かれらはたぶん……」

「はい、ナリスさま」

「たぶん、私を……何がなんでも生きてとらえようとしているのだ。いくさのなかで、はっきりと帰趨が決してくれば……私は例のさだめた決意にしたがっておのれのいのちを断ってでも……パロの秘密を守ろうとする……それを、やつらは、おそれている――だから決して私自身だけは本当には追い詰めず、まわりからじわじわ、じわじわと真綿で首をしめるように私を追い詰めてくる……」

「ナリスさま――」

「ルナンはどうしただろう、無事だろうか？」

ナリスはうめくようにつぶやいた。

「あれぎり、ベック軍と相対したきり何の音沙汰もない――この襲撃で、伝令の魔道師たちも近づけなくなっているのかもしれない。ルナンも……そして、カレニア軍もそれぞれに敵を引き受けて必死に戦っている。そして私はここに追い詰められている……」

「ナリスさま！」

「ヴァレ——ヴァレリウスとも引き離され……じりじりと味方をひきはがされて裸にされ……一人にされ……」

「お一人になどいたしません」

ヨナは叩きつけるようにいった。カイが、黙ってそっと心配そうに二人を見比べる。

「何があろうと、私どもはナリスさまのおそばをはなれません。やつらのどのようなたくらみがあろうと」

「だが、ひとつだけ確かなことがある」

ヨナのことばをきいていないかのように、ナリスは云った。その、血の気のないくちびるにまた、かすかな、だがふとかつての勇敢なクリスタル公をしのばせる皮肉な微笑みが浮かんだ。

「は……」

「これほど、私を『生かして』捕えることにこだわるからには……このように、まわりくどい方法を使って私を追い詰めてこようとするということは……かれら、というか竜王が使っているあのゾンビーの術は……」

「……」

「もし本当にあの術がそのように使えるのなら、私が生きていなくてはならぬ必要はない。

私ごと、反乱軍を全滅させて、それから私を魂返しの術で呼び生かしてゾンビーとしてかれらの思いのままに操ればよい。――が、そうできない、どうしても私を死なせまいとたくらむということは……わかるか、ヨナ」

「はい。つまり、その当人が死んでしまうと……もう、そのあとの肉体をゾンビーとして使い、彼等の傀儡にすることは可能でも、そのもとの人格や能力や知識を再生することはできないのだ、ということでございますね」

「そういうことだ。これは、私のいまのところ唯一の――かれらがどれほど私のうわてに出ようとしても、どうしてもどうすることもできない唯一の強みだね。というか、いまや私のたったひとつの切り札だ、私のいのち――私は私自身を人質にすることでだけ、かれらに対抗できているのだということだ」

「はい……」

「だが、それも、キタイに拉致されてしまえば――かれらはありとあらゆる手段を駆使して私を屈伏させようとこころみるだろう。拷問はいうに及ばず、人格を改造し、知識だけをそのままに残させるような、ありとあらゆる――魔道から、籠落から、もっと卑劣な方法まで、ありとあらゆる手段を。リンダも人質にとられているのだし」

「……」

「だとすれば、やはり、私のただひとつの勝利は……このいのちを断ってかれらの欲している秘密を永久に地上から奪い去ってやることだけ、ということか」

「まだ、そのことはお考えになりますな。アル・ジェニウス」

ヨナはきびしい口調でいった。

「いずれはそのようなこともやむなしということになるかもしれません。だが、いまはまだ……ランたちがこれほど頑張ってくれております。いま少しの御辛抱を」

「わかっている、ヨナ」

「かなり、激戦が続いているようです」

ヨナは窓の外のようすに耳をそばだてた。

「だが、戦いがさきほどより馬車に近づいてきたというようすはない。ランが頑張っているのでしょう」

「私を守るために、大勢の人間が死ぬ──」

ナリスは辛そうにつぶやいた。

「私がよく知っている者たち……私を慕ってくれ、私を信じてくれ、私についてきてくれた者たち──それを思うと、私は……胸がつぶれそうになる。私はいったいかれらにどんなことをしてしまったのだろうと……恐怖にぬりつぶされて、うちひしがれ、そのまま気が狂ってしまいそうになる」

「いけません。そのようなことをお考えになっては」

ヨナは厳しい口調で云った。

「いまアル・ジェニウスがそのようなことをお考えになってひるんでしまわれたら……これ

までの犠牲はそれこそ浮かばれません。……もう、いまは何もお考えにならず」

「リュイス――可愛想なシリア……それに大勢のアムブラの青年たち」

ナリスは一見平静にすらきこえる声でつぶやくようにいった。ヨナはくちびるをかんだ。

「ルナンも……ローリウスも、剽悍で誠実なカレニアの騎士たちも私のために死ぬのか……？　私のためにいのちをおとすのか？　すべては私が招いたこと……かれらの運命を暗転させたのは私で……私はかれらにとっては、パロを守る聖王どころかただの死神だったのだろうか？」

「ナリスさま」

ヨナの目がするどくなった。

「いま、これ以上そのようにおおせられるのなら、黒蓮の粉をさしあげて、しばらく、事態が好転してここから馬車が動き出し、カレニア領に入るまでお休みいただくほかはありません。そのようなことをおおせになっていても何の役にもたちません。ナリスさまのおからだやお心にさわるだけです。しかも、もしかしたら、敵はそのナリスさまの動揺をこそ待ち受けてこういうかたちで……いや、十中八、九――いや、十中十まで間違いなく、敵はそうやって、ナリスさまが大きすぎる犠牲に動揺され、ついにおのれの身を投出しさえすれば、とお考えになって軍門に下るようにとすべてを仕組んでいるのです」

「そうだね」

ナリスはかすれた声でつぶやいた。

「そうだね、ヨナ」

「そうです。決して、お心弱くなられず——ただ敵の思うつぼにはまるだけです。そして我我は——アムブラの民だけではなく、すべてのナリスさまを信じ、ナリスさまに『アル・ジェニウス万歳!』の声をあげた民は、さいごの一人にいたるまで、ナリスさまのためにいのちをおとすことをおのれのほまれと心得ております」

「ヴァレリウス……」

うめくような声だった。ナリスは力なく片手でもう一方の手にはまったゾルーガの指輪を握りしめた。

「ヴァレリウスが戻ってきてくれたら……」

ヨナは一瞬、もどかしげにナリスを見つめた。だが、何もいわなかった。

ふいに、もやもやと気配がたった。ロルカがあらわれた。

「情勢を見て参りました。御報告に」

「おお、どうだった?」

「アレスの丘では熾烈な攻防がくりひろげられております。カレニア軍はきわめて勇敢に、数に倍する国王軍を引き受けて戦っております。ローリウス伯のもとには、ナリスさまがルーナの森で足止めの待ち伏せをうけたことを魔道師から御報告いたしました。ローリウス伯はたたかいのなか、あえて兵をさいてナリスさま救援に向かおうとされましたが、取り囲まれて突破することがかなわず断念されました。——あとはただ、サラミス軍が到着するのをまつだけです」

「そうか」

「ジェニュアの西のジェニュア街道でのルナン侯とベック軍は……」

ロルカはちょっと口ごもった。

「まだ戦端をひらいておりませんが、あきらかにベック軍は夜明けを待ってルナン軍に総力でおそいかかる構えをかためているように見られました。そうなればおそらく——ルナン軍は数もかなり少なく……ひとたまりもないでしょう。また、ベック軍は別動部隊にまわりこませ、ルナン軍の退路を断つよう、赤い街道を両側で封鎖しております」

「ルナンには逃げ場はなくなった、ということか」

ナリスは沈痛にいった。ロルカはうなづいた。

「無念ながら、こちらから救援を出せない限りは。——が、ともかく、ベック軍は、夜明けを待って行動のかまえだと思います。少なくともまったく夜のあいだは動きはじめるつもりはないように見受けられます。——ルナン軍は覚悟を固めたようです。ルナン侯は落着いておられます」

「——そうか」

「わたくしが偵察に出現して、陛下への御伝言をうけたまわったさい、ルナン侯はこういっておられました。もはや、遺書を書いている時間も道具もないが、のちのことはリギアがお引き受けいたすでありましょう。どうぞ、御存分に、お心の命じるとおりに——と。また、おそれおおい申しようながらナリスさまはそれがしにとってはこの手で育てたわが子そのもの、父が子を身をもって守り抜くのは当たり前、ナリスさまの御気性ではいろいろとまたお悩みになるかもしれぬが、それは一切御無用と申上げてくれ――と、そのようにルナン侯はおおせになりました」

「――わかった」

ナリスは一瞬、何か云い知れぬ怒りにさえ似たものにでもかられたようにくちびるを激しくかみしめた。

「皆が……私に悲しむことさえ許さぬのだな。――それすらも、余分な感傷だというのだな。……ヨナ、私は、レムスがなぜ国王の座に執着するのか、どうしてもわからなくなってきたよ。……聖王でいる、というのは……これほどまでに辛く非人間的なことなのだね。私なら、まっぴらごめんだよ――こんな事情でもないかぎり、聖王など、二度とごめんだ。それよりも私は人間らしくいたい――と本来なら、そう叫んでやるところだよ」

「………」

ヨナは黙って、ただつと手をのばして固くナリスの冷たい手を握りしめた。ロルカはじっと頭をさげて待っている。

「スカールの軍は……どこらあたりにいるのだろう」

ナリスは気をとりなおしてみずからに鞭うつようにつぶやいた。

「カラヴィア騎士団は動かないだろうか……なさけない、ひとの力をあてにする以外、いまの私にはどうすることもできないというのは」

「ひきつづき、ようすを偵察してまいります」

ナリスはうなづいて、ロルカが消えてゆくのを見送った。

「あやつもよくやってくれている」

ナリスは苦笑まじりにつぶやいた。

「昔、いろいろといじめて、気の毒なことをしたよ。――アルノーがやられてしまったのはいたでだったが、いまではロルカとディランがいなければ、私はどうにもならない」

「御報告！」

激しく馬車の戸が叩かれた。あわてて、カイが窓をそっとあけた。ランの部下らしい青年がいそいで頭をさげた。

「御報告でございます。――クリスタル義勇軍は必死に防いではおりますが、何分、相手は手練れの騎士団、しだいに包囲の輪がせばめられつつあります。――ランとリギアさまが御相談の上、このままではしだいに追い詰められるばかり、なんとかして聖王陛下をここよりお落としする方策を、ヨナ参謀に講じていただきたいとの要望でありました。以上でありますッ」

「そう簡単にできるものならね」

一瞬、皮肉っぽくナリスはつぶやいた。が、ヨナは真剣な顔で考えこんでいた。一瞬窓をあけただけでも、窓に封じられている結界がゆらいで、森のなかの激しい戦いの物音、悲鳴やウマのいななき、そして金属のぶつかりあう音がどっと耳に流れこんでくる。

「たぶん、包囲のどこか一方が、妙に手薄にあけてあるはずだよ」

　さらに皮肉っぽくナリスはいった。

「まるで、こちらからお逃げ下さいといわぬばかりにね。――そしてたぶん、クリスタル義勇軍にこの場をまかせ、とうとう身のまわりを守るごく少数の精鋭だけに守られてその方向からからくも落ち延びようとする私には、決して追手はかかってこず――いや、少しづつ、かかってきて護衛の者を倒してゆくのかな。そしてさいごに、ヨナ、カイ、たぶんお前たちとロルカくらいしか残らなくなった私の前にいよいよくだんの怪物がおんじきじきに舞いおりてきて、『キタイへ同行するなら、いのちだけは助けてやるぞ、アルド・ナリス』とこうくる、というのがむこうのすじがきだろう。それを出し抜いてやるにはもう、この場で……これしかないのかな」

　ナリスはまた、つと右手の指輪にふれた。

「ねえ、ヨナ、お前を信じてはいるけれども、もう手遅れになってからでは――後悔は先にたたないよ。いまは……」

「ナリスさま」

「いまはこれまで……かな」

「ナリスさま。いけません」

「いま私が決心がつけば――少なくとも助かる者の数が増えるのでは……」

「ナリスさま」

「私が最期ときけば……カレニア騎士団もアムブラ義勇軍も……おそらく戦いをやめて降伏する……」

「そう、お考えになりますか」

誰も、ヨナに出せようとも思わなかったような激しい声だった。

「まことにそのようにお考えになりますか。ナリスさま御最期ときいて、ローリウス伯以下のカレニア騎士団、ランのひきいるクリスタル義勇軍が戦いをやめて白旗をかかげる、と？」

ヨナはやけつくような目でナリスをにらんだ。

「まことに、そのようにお考えになりますか」

ナリスは、一瞬、ひるんだようにヨナの目を避けて目を伏せた。

それから、かすかに笑って、目をあげて、ヨナの目を正面から受け止めた。

「すまない。心ないことをいった。お前たちがそのようなことをするはずはない。だが――だったら、なおのこと、私は……」

「ナリスさま、いま考えておりました」

ヨナは叩きつけるようにするどくいった。

「確かにナリスさまのおっしゃるとおり、どこかが妙に手薄になっていて、こちらから逃げろといわぬばかりになっているはずです。――そして確かにおそらく、そちらにナリスさまをお守りして逃げれば、竜王の本隊が待ち受けているという寸法でしょう。だったら、われわれはそれのウラをかいてやりましょう」

「奴の裏をかくなどということができるのだろうか？　このように軍議しているあいださえも、すべては奴に筒抜けなのだと考えるほうが自然なのではないか？」

「かもしれませんが、しかしそれでも奴とて全能ではない、と思って当たらぬことには、それこそ、奴の影に怯えて身動きもとれなくなりましょう。もしも本当にそれほどに我々の動きが筒抜けなら、それこそもう何をしても、何をどう動いても無駄です。しかしヴァレリウスさまはちゃんと聖王宮を脱出されたのだし——それすらももし、奴の策謀だったとしたところで、いまのこのヴァレリウスさまの動きについては奴は予測できていなかったはずです。そう考えれば、我々のすべての動きがすべて奴のたくらみどおりにのせられているわけではありません」

「………」

「それほどに奴がすべてを見通し、すべての人間を思ったとおりにあやつれているのだったとしたら、逆にまた、こんなふうに手のこんだ方法でナリスさまをカリナエから狩り出し、ジェニュアから追い出し、というようにして周到なワナをかけてゆく必要もない、ということではありませんか？　私は……奴は逆にそうやって、それほど全能なのだから、さからっても無駄だ、という思い込みを我々に植え付けようと努力しているように見えます。もし本当に奴がそれほどに力があるのなら、もう何をやっても無駄なことで、とっくにナリスさまはキタイへ拉致されておいでになりましょう。それがそうではないというのは、ナリスさまのご意志にさからって、あえてそういう暴力沙汰に及ぶのは、かれらのほうも得策ではないと思っているということです、そうではありませんか？」

「それはそうかもしれない。論理的だ、ヨナ」

「ですから……それにうかうかのせられて、ナリスさまが軽挙妄動なさるのが——こう申しては御無礼ながら、私は一番恐しいのです。ともかく、いまはじっと忍耐なさらなくては。皆がナリスさまのために戦っております。そして私も——私も必死に考えています」

「わかった。すまない、ヨナ。私にはいつも辛抱が足りないんだな」

「そうです」

ヨナは青白い顔に、ちらりと微笑みをうかべた。

「なまじ御自分がなんでもお出来になりましたし、なんでもおわかりになっただけに、いっそうこうして、おからだが御不自由な状態でおられるのがお辛いのでしょうが……それもよくわかりますが……そう、そうだな……こうすれば……」

「……？」

「これで、うまくゆくものかどうかはわかりませんが」

ヨナはつよい決意の表情をうかべた。

「ロルカを呼んでもよろしゅうございますか。あるいはディランを。ただちに手配して……それとも、時間がなければ私が自分で指図に出ます。確かにナリスさまのおっしゃるとおり、わざと手薄にしてあるところに飛込むのは危険……それだけは確かです。もしかして、そのウラのウラということも考えないではありませんが、いまはそこまで考えているひまはない。ランにいって、とにかく、どれほどの犠牲を出そうが、どうなろうが、正面から強行突破いたしましょう」

「正面から強行突破」

いくぶん、驚いたようにナリスはくりかえした。

「これはおどろいた。お前は私よりももっと無茶苦茶だね、ヨナ」

「逆にナリスさまのおいのちを、敵が決して傷つけないよう、そこなわないようという命令が出ているなら、それこそが、ナリスさまを守ります。それを利用して、正面からランの義勇軍に全力をあげてナリスさまをお守りさせてカレニア軍との合流をはかりましょう。それが最善です。私はそう考えます」

一瞬、虚をつかれたように、ナリスは黙っていた。

それから、大きくうなづいた。その目に光が戻ってきた。

「わかった、ヨナ。まさにそのとおりだ。だが、それだったら、私にも……私にももうひとつ提案がある」

「はい、ナリスさま」

「反対かもしれないが、これだけはきいてくれ。馬車の御者席をなんとかうまく細工して私が座れるようにしてくれないか」

「ナリスさま！」

「本当は馬に乗れると一番いいのだが、ちょっとそれだとかえって皆が私を守るのに手を割かれ過ぎるだろう。とにかく私が、わが軍の兵たちから全部見えるようにしてくれ。お姫様みたいに馬車にとじこめられているのはもうたくさんだ」

「ナリスさま、それは危険です！」

叫ぶようにいったのはヨナではなく、カイだった。ナリスは笑ってうなづいた。

「わかっているよ。ヨナにもわかっている。危険だから、やるのだ。……もしも、奴等が私を何があろうといけどりにしてやる、というつもりなのだったら私には手を出せない。だったら私が先頭に――先頭は無理としても私をおしたててクリスタル義勇軍が赤い街道をがむしゃらにおし進んでゆけば、相手は手が出せなくなる。逆にむこうがそれで私を容赦なく殺す気なら……私が自害するのしないのというまでもない、古代機械の秘密は守られる。そのあとのことは……スカールがなんとかしてくれるだろう。無謀だが、やってみる価値はある。どちらにせよ私は一生無謀なことばかりしてきたんだ」

「ナリスさま」

ヨナは、ナリスのことばに、さほど驚いたようでもなくじっと考えこんでいたが、おもてをあげたとき、その顔はむしろ晴ればれとしていた。

「なるほど、おっしゃるとおりです。そういたしましょう。ではただちに御準備を」

「わかってくれたか、ヨナ」

「はい。よくわかりました。私もそれがいいと思います」

ヨナの灰色の思慮深い目がじっとナリスの黒いあやしい瞳を見つめた。

「そのかわり、わたくしもご守護をかねておとなりに。――さいごまで、お供させていただきます、アル・ジェニウス」

「わ、私も！　私ももちろん！」

カイが怒って叫んだ。

「でもそんなに大勢御者席に乗れますか？　本物の御者だってどうしても必要ですよ！　それは私がしなくては」

「御者席というより、この馬車の屋根をはずしてしまってはいかがでしょうか」

ヨナは上を見上げた。

「まさか、竜王も上から舞いおりてきてナリスさまを伝説の少女シレーンをさらった炎の竜のようにさらってはゆけますまい。屋根をはずし、上をあけただけで、皆もナリスさまの御決意を知ることができて勇気百倍しましょう。それでよろしゅうございますね？　では、ただちに用意を」

「頼むよ、ヨナ」

かくて――

あわただしく御座馬車の屋根がはずされ、なにごとかとおどろいている親衛隊の精鋭たちの目の前で、馬車は上半分が無防備にむきだしになった。もともと無蓋馬車ではなかった御座馬車を、みかけとしては無蓋馬車のかたちにかえたのである。

「ナ、ナリスさまっ」

このようすを見て、何をしているのか察しがつくなり、リギアはあわてて馬を走らせてきた。

「何をしておいでなのです！　なんて無茶な！」

「私も戦うんだよ、リギア」

ナリスは平然と答えた。

「お前たちだけを戦わせてはおかぬ――クリスタル公の昔からいつだって私はお前たちの先頭にたって戦ってきたんだ。ましてパロ聖王を名乗るいま、国民たちだけを前線に送って素知らぬ顔などしてはいないよ」

「いけませんッ。なんて無茶な。無茶苦茶ですわッ」

リギアは顔を真っ赤にして怒鳴った。

「ヨナ先生、先生がついていながらなんてことを。早く馬車をお戻しして、もとどおりにッ。流れ矢にでもあたったらどうするの！」

屋根をとりはらうと、どっと、まわりの戦いの物音があからさまにきこえてくる。

ナリスの馬車が止っている周囲は、ぎっしりとリギアの騎士団がとりかこみ、さらにそのまわりを義勇軍の兵士たちが囲んでなんぴとたりとも近づけまいとしているゆえ、敵軍のすがたは木々と人々のかげにかくれて見えないが、その向こうでは激しい戦いが木々のあいだでくりひろげられているのだ。それも、いっときの小止みもなく戦いは続いている。もうすでに夜はふけて、森は深い闇のなかに沈み込んでいるというのに、いっこうに寄せ手の軍勢は勢いを減じるようすもなくあらての兵をつぎつぎとくりだしてきて、義勇軍の外側に襲いかかってきているようだ。

もう、おそろしく長いあいだ――ずっと何日も、何ザンも戦い続けているような気が、その激戦のなかにいる人々にはするに違いなかったが、じっさいには、敵が襲いかかってきてから、まだ一ザンとはたっていないのだった。本当は、まだ半ザンていどしかたっていなかったのである。

「さあ、早く、馬車の天蓋を戻して！　そしてナリスさまは馬車のなかに、お早く！」

「リギア」

めったにナリスの使わぬ、強い口調だった。

「お前の至誠にはつねに感謝している。だがこれは私の決めたことだ。私に剣をささげ、私をアル・ジェニウスと呼んだからには、その捧げた剣にかけて、私がいのちをかけた決断をさまたげぬように」

「……っ……」

リギアは声をのんだ。

そのまま、くずれるように地面に膝をつく。

「失礼いたしました」

リギアは低くうめくようにいった。

「アル・ジェニウス。──差し出たことをいたしました」

「馬車を守るため、よりすぐりの精鋭百騎をひきいてずっと馬車によりそってくれ。その前後に、いつでも交替できるよう同じく百騎づつをおいて。森をぬけ、ひろいところに出たらもうちょっと人数をふやして馬車をとりかこんでくれ。ただ、私のすがたが──敵からも、味方からもはっきりと見えるように」

「はい……アル・ジェニウス」

「ヨナ、伝令を。我々はこれより、私の馬車を先頭におしたてて赤い街道をルーナの森をぬけ、カレニア軍救援に向かう。……指揮はこの私がとる。ロルカはいるか」

「はい、こちらに」

「ロルカ、ディラン、私の足元にひかえて伝令に中継をいつでもできるように。カイ、私の座り場所にありったけのクッションをつんで、私が馬車の扉より高くなるようにして」

「かしこまりました」

「ヨナ、私のとなりに。それから、ランが手がはなせるようなら、指揮を副官に頼み、ランがこの馬車を御してくれるよういってみてくれ。手がはなせぬなら、これまでどおり御者に頼む」

「大丈夫だと思います。副官のユーニスがかなりしっかりしておりますから」

「準備ができしだい進発する！」

「かしこまりました。アル・ジェニウス」

たちまち——

陣営、とも呼べぬような、ささやかなその馬車をとりまいていた本陣はあわただしく動き出した。リギアもおおむねやりとりのあいだにナリスの思いを察したらしく、もう何も余分なことはいわなかった。天蓋をどけられた馬車の後部座席は、ありあう木箱をつんだ上にクッションをのせて、御者席ほどではないがそれに匹敵するほど高くされ、そのまんなかにナリスが座り、その両脇を、カイとヨナがかためた。ナリスはふかぶかと頭からかぶっていたマントのフードをとりのけさせ、そのつややかな黒髪と、そのひいでた額と、自らの美しい顔とをあらわにさせた。そしてカイに命じて馬車の荷物箱のなかから略王冠を取り出させ、それを額にいただき、手に黄金の采配を持った。ナリスのいまの力では、重い采配を自在にふるう力はない。じっさいには、その采配にナリスが手をそえ、それをかたわらからヨナが支えていた。さいごにカイはナリスの命じるままに、聖王の象徴の色、紫のマントをその肩にかけさせた。

「聖王旗を馬車のうしろに。——よし、さあ、出陣だ！」

ナリスは叫んだ——といっても、その声は苦しそうにかすれていて、びんとひびきわたるわけにはゆかなかったが、まわりの者たちはうたれたように身をふるわせた。そのナリスのようすには何か、悲壮とも、凄惨とも——なんともいいようのない何かが漂っていた。誰もが、ナリスがもはやさいごの決意を固めたのだと知った。呼び寄せられてかけよってきたランも、そのすがたをみるなり絶句した。そしてくずれるように地面に平伏し、額をすりつけたが、次の一瞬はじかれたように起上がって、御者にかわって御者席に這い上がった。そのとなりに、ランを護衛し、かつ何かあればただちにとってかわれるよう、リギアの副官の勇士、マイルスが座った。

かくて決死の陣容は整った。ナリスの命令一下、しばらくのあいだ赤い街道の上に止っていた馬車は動き出す。とたんに、まわりのリギア騎士団、及びその向こうのクリスタル義勇軍の勇士たちの口から、うなるような怒号とも歓声ともつかぬ雄叫びがわきあがった。

「アル・ジェニウス！　アル・ジェニウス！」

「アル・ジェニウス！　アル・ジェニウス！」

「パロ聖王アルド・ナリス陛下万歳！」

その声が、暗い森にこだまする。ランは一瞬、なんともいえぬ表情で天をあおいだ。思えばすべてはアムブラであがったその考えなしな叫びからはじまったのだ。だが、すぐにその感傷は去った。ランはぐいと手綱をひき、一気に馬車は動き出した。

「アル・ジェニウス！　パロ聖王アルド・ナリス陛下万歳！」

その叫びが、連鎖反応を呼ぶように次々とリギア騎士団と義勇軍のあいだにひろがってゆく。命令をうけて騎士団はその馬車をおしつつむようにして赤い街道を強引に、まわりを包囲している国王騎士団にあたまから突っ込んでいった。

国王騎士団のなかにも明らかな動揺が目立っていた。確かに国王騎士団といえどもナリスのいうとおり、すべての者がヤンダル・ゾッグに操られた傀儡と化しているというわけではなく、ただ単に出動命令をうけて、不承不承同胞との戦いにおもむかされたというだけの軍人たちもたくさんいるようだ。そのかれらにとっては、アルド・ナリスはどれほど反逆大公、反逆者、裏切者、謀反人といわれようと、いまなお、かつてあれほどに崇拝の対象であった第二王位継承権者であり、また、軍人たちのなかには、ナリス側のまいたチラシを見たり、説得しようとするナリス側の者のことばをきいたりして、レムス王に若干の疑惑を持っているものもいないわけではないようだった。

それらのものたちにとっては、いまここで、敵軍にぶちあたって戦うのはたやすいことでも、そうしておもてをあらわにしたアルド・ナリス当人がひきいる軍隊に、刃をむけることには、若干のためらいがどうしてもぬぐえないのだろう。かれらのほこさきがややにぶったのにすかさずつけいるように、ナリスはヨナとロルカに命じておのれのことばを中継させ、「全軍、進撃！　カレニア軍を救え！」という声をあげさせた。クリスタル義勇軍はわっと色めきたった——もとよりリギア騎士団はぴたりと馬車の周辺を守る。

馬車は、いまやその高貴なすがたをすべてあらわにした聖王をのせて、強引に、まるで船が力づくで波をわけて流れをさかのぼってゆくかのように、赤い街道を、ルーナの森を抜ける方向に進みはじめていた。その流れにまきこまれるようにして、リギア騎士団も、クリスタル義勇軍も前へ、前へと動き始める。その周辺から切りかかる国王騎士団にたいしては、義勇軍の勇敢な若者たちがむしゃらにつっかかっていって応戦する。だが、足場のわるい森のなかの一本道では、さほど大人数の戦いはもともとくりひろげられず、またぎっしりとまわりを埋めている国王騎士団も、その月の光のもとにあらわにされた高貴な反逆者のすがたに気圧されたように、いくぶんそのほこさきが鈍ってきはじめた。ここぞとナリスはヨナに黄金の采配をふらせ、「アレスの丘へ！　アレスの丘へ！」の叫びをリギア騎士団にあげさせた。ただちにクリスタル義勇軍も唱和しながら動きはじめる。

「ヨナさま、御油断なさいませぬよう」

ナリスの足元にうずくまっているロルカがささやいた。

「例の気配はますます強くなっております。――たぶん、問題の者はごく近くにおります。……怪異があるやもしれませぬ。そのおりにも、われわれ魔道師軍はすべての力をあげて聖王陛下の結界を守りぬきますれば、何ごとがありましても、驚かれず――」

「わかっています。僕も、これでも一応魔道学は多少はおさめている」

ヨナはささやきかえした。

「それに有難いことにわが聖王陛下もだ。その点だけは、普通とは違う。――そう、カイ、頭上をあまり見ないほうがいい。あまり見ると、操られてしまうかもしれない」

「はいッ」

「上からずっと……動き出してからずっと気配がついてきておりますが、近づいてくるようすはございません」

ロルカはそっとナリスにも報告した。

「結界の外にも、ぶつかってくるようすでもございませんが……いずれにせよ、それはもうジェニュアを出てからずっとおりましたもので……当の本人かどうかもわかりませぬ。ご案じすぎぬようになさいませ」

「ああ」

ナリスは、そのようにしてすがたをあらわし、気持のみながら陣頭指揮の状態になれたことが、よほど心を落着かせたらしい。

浮き足立ったところはすべてなくなり、いつもの冷静な、そして沈着で思慮深いアルド・ナリスらしさがあらわれて、しずかに、だがいかにも威厳をもって馬車の後部座席に腰かけていた。次々とかけられる歓呼の声も、喝采も、夜の潮騒のようにただひたと受け止めている。じりじりとしか動けなかった馬車をおしつつむ本隊が、しだいに、先頭のところで義勇軍と国王軍との激しい戦闘をくりひろげつつも、動きを増し、前へ、前へとすすみはじめていた。国王軍は、押されぎみに——というよりも、ナリスに面とむかって弓ひいてもいいのだろうかとためらうかのように、なんとなくその刃がにぶっている。ここぞとランは御者席から伝令に檄を飛ばさせ、義勇軍をひとかたまりに道を切り開く先兵としてまとまらせた。ナリスの命をうけてすかさずリギアも聖騎士団を矢じりのかたちにかたまらせ、細い赤い街道いっぱいにひろがったまま先端はとがった矢となって前進するよう、ようやく陣容をつけさせる。

国王騎士団の側は、誰が指揮をしているのか、ずっとさだかでなかったが、ようやく魔道師からの報告がきた。国王騎士団をひきいているのは、まだ若い武人のリティアス准将であった。ベックがマルティニアスとタラントの両雄を副将にしたがえ、カレニア軍には聖騎士団をひきいたリーナス聖騎士伯があたっているこの状態で、かんじんかなめの総大将たるナリスの軍勢にむけられるのが、まだ無名の武人といってもいいくらいなリティアス准将である、ということ自体が、なんらかの根深いたくらみか陰謀をはっきりと思わせたが、それももう考えてもせんないことであった。すべては動き出してしまったのだ。ナリスはさらに采配をふって、ルーナの森をぬけると同時に両翼にリギア騎士団の精鋭がふくらんで、アレクサンドロスの兵法書でいわれる「組合わせ菱の構え」となれるよう、騎士団にそなえさせた。深くあやしいルーナの森は、戦いにくいと同時に、敵もまた自由に動きがとれぬという意味で、かれらを守ってくれてもいる。それから飛出して、自由に戦える広いところに出るのは、いよいよ戦いやすくなると同時に敵もまたいっせいに襲いかかってきやすくなる、ということでもあった。

「あと、どのくらいで森をぬける、ヨナ」

カイにつかまるようにして、激しい馬車の震動にたえながら、ナリスはきいた。

「この調子ならおそらく、あと半ザンはかかりませぬかと。——国王騎士団も、おそらくはナリスさまのお考えを察したのでしょうか。いったん兵をひかせ、木々のあいだを併走させつつ同じ方向へ展開させています。……ルーナの森をぬければ……アレスの丘まではほんの二モータッドばかり、そうなればおそらく相手はただちに我々がカレニア軍と合流するのをさまたげようと前にまわりこんで参りましょう。もう、あるていどは兵をあらかじめ、前にまわしてあるかもしれません。その場合はいかがなさいます、アル・ジェニウス」

「むろん」

ナリスは清々しく笑った。

「もうこうして乗り掛かった船が出てしまった以上……ひとつしかないよ。強行突破だ」

「アル・ジェニウスもなかなかに無茶をなさる」

ヨナは云った。だが、さきほどとちがい、その目は笑っていた。

「ごらん。敵は矢を射てこない。やはり、流れ矢で私がやられるのをあちらもおそれているのだと思わないか。私がこうしてすがたをあらわしたとたんに、あちらは、矢を射かけてくるのをぴたりとやめたよ」

「まさに。……それはアル・ジェニウスのお読みになったとおりだと思います」

「もっと、最初からこうしてやればよかったんだな」

ナリスも笑った。

「私は、自分というものの持っている効果を過小評価してたらしい。もっと、自分を利用してやればよかったんだな」

「まだ、しかし、油断は禁物でございます」

足元からロルカが顔をあげてぼそりという。

「まだ、気配が去ったわけではございません」

「わかっている。それも、すべてはルーナの森を抜けてからだ」

頭上高くにずっとひそんで、ともに移動してくるあやしい気配――

それは、ナリスにも、ヨナにも同じように――魔道師としての修練の違いによって、ロルカたちほど直接にではないにせよ――はっきりと感じられている。

それが、いずれは、ついにそのヴェールをぬいでおそいかかってくるだろう、ということも、まざまざと感じられている。そのときになって、パロ魔道師ギルドの魔道師軍が総力をあげて迎えうってもいったいどのていどのききめがあるものかどうか、それもまた、まことにこころもとないかぎりだということもわかっている。

だが、それでも、もう、何もおそれ、ひるんでいるいとまはなかった。

「アル・ジェニウス！　まもなく、ルーナの森を抜けます！　ゆくての木々が切れて、少し明るくなっているあたりが、森のはずれだと思います」

御者席からランがふりむいて報告した。ナリスはうなづいた。

「もう、覚悟はできている。――森をぬけたら、いっせいに陣形をとるまで待って、そのま……アレスの丘をかけのぼり、カレニア軍と合流するぞ！」

「もうおそらく国王軍からも、リーナス軍へも伝令がいっておりましょう」

ヨナがいった。

「あちらも応戦の態勢をとっていると思います。いよいよ……あまりこういう感情的なもののいいようは好きではございませんが、さいごの決戦になるかと」

「ああ、正念場だね」

「ロルカどの、ディランどのは、アル・ジェニウスのための結界の強化を、よろしく」

「うけたまわっております」

「ずいぶん簡単に抜けさせたね、森を」

ナリスは細い眉をよせて、うしろをふりかえった。

「私の効果があったにせよ……待て」

ふいに、緊張したナリスの声に、はっとなって皆がそちらを見る。

「アル・ジェニウス?」

「待て。あれはなんだ」

ナリスの声がはっと息をのむひびきをはらんだ。

人々はナリスの見上げたほうを見た——そして、同じく息をのんだ。

気配のみがずっと同じように追いかけてきていたために、魔道師たちはかえっておのれの目をそちらにむけておらず、いったいいつその異変が音もなく生じたものか、ついわからなかったのだ。

暗い夜空に、ぞっとするようなものが浮かんでいた。

巨大なひとつ目——

というより、眼球の月、といったほうがより正確かもしれぬ。

さしわたしが、夜空の五分の一もありそうな、おそろしく巨大な、眼球がひとつ。

じっとそれが、このルーナの森と、それをいままさにぬけて死闘の戦場へ飛出そうとするかれらの一行を、夜空の高みから、見下ろしている。

その不吉な眼球の月には、ぞっとするような赤い細い血管が無数に走り、白目はぶきみなくらい青白く、そしてまんなかにある虹彩はあやしい蒼ざめた灰色だった。

まぶたもなければ、神経の束もない。……まるで、えぐりだされた義眼のように、つるりとしたその巨大な眼球だけが、さきほどまで確かにただの本当の月のあった場所に、とってかわってぽかりと浮いている。

そして、明らかにその月には、意識が――かれらを見張っている、という意識が感じられた。

じっと、かれらを見下ろしながら、中空にうかんでいるそのおぞましい眼球には、あきらかな、嘲弄――とも、冷笑ともつかぬ何かの感覚が漂っている。あわれんでいるようにも見えるし、ばかにしているようにも見える。が、また、妙に親しみをこめて見下ろしているようにもみえる。

いずれにせよ、何もかわったことなどなかったかのように、月にかわって巨大な眼球が森の上の空に浮かんでいる、その光景は、なにか云い知れずひとをぞっとさせるものがあった。

「ナリスさま……」

「騒ぐな」

ナリスの声はしかし、落着いていた。

「いまのところ、きゃつは……何をしかけてくるわけでもない。ただ、ああして見下ろしているだけだ。……やむをえぬ。あれに気づけば、味方軍は動揺するかもしれないが……それも、かまっているいとまはない。ともかく、突っ走らなくては。ローリウス伯が心配だ」

「ナリスさま」

伝令がかけよってきた。

「義勇軍が浮き足立っております。……なかにはあの空を見上げて、叫び出しているものも

おります」

「だらしのない……」

怒ってランが怒鳴った。

「騒ぐな、あんな馬鹿な目玉なんかに何ができる、といってくれ」

「やはり、義勇軍のほうが……市民たちであるぶん、そうしたものに気はとられやすいな」

ナリスはうなづいた。

「まあ、いい。それよりもとにかく森を抜けてしまうことに全力をあげよう。急げ、ラン。馬車の速度をあげるのだ。ロルカ、リギアに伝令して、森をぬけたら一気に陣ぞなえをかためる、と確認してくれ。行くぞ——さ、いよいよアルド・ナリスも生きるか死ぬかの正念場だ」

第二話　長い夜

1

「見るな！　上を見るな！」

「気にするな。どうせ、ただの幻術、目くらましだッ」

さかんに、ランからの伝令が、義勇軍に檄を飛ばしてかけぬけてゆく。

義勇軍の市民兵たちは、こおりついたような目で夜空に浮かぶ巨大な眼球の月を見入っていたが、その叫びにようやく我にかえった。

「ただの魔道だ！　恐れるな！」

「魔道師ならこちらのほうが多いぞ。恐れるな、パロの勇士たち！」

ランはたてつづけに伝令を走らせ、義勇軍を叱咤する。もとより、リギア直属の聖騎士団たちは、聖騎士の誇りにかけて、町人たちの義勇軍のように騒ぎたてるものか、とおのれをきびしく持している。

ぶきみな巨大な眼球にじろじろとあからさまな嘲笑を浮かべて見下ろされながら、ナリス軍は一気にルーナの森のさいごの部分をかけぬけた。敵軍もあえてその邪魔をしようとはしなかった――途中から、いかなる命令が下ったのか、敵軍は兵をおさえ、森を抜けようという意志のあまりにも明らかなナリス軍を取り囲むようにして併走しながら、もう矢を射かけることも、槍をかざして襲いかかってくることもやめていたのだ。それだけではなく、明らかに、敵軍もまた先のほう――つまり森の外のほうへむけて、かなりの部分を先発させたようだった。

決戦は、ルーナの森をぬけたとき――

その、暗黙の了解のようなものが、両軍のあいだにわだかまっているかに思われる。おぞましい眼球に見下ろされていることは、敵軍にはもうとっくにわかっているのか、それとも見てみぬふりをしているのか、そしらぬていで国王騎士団の騎士たちは森を、街道をナリス軍にゆずって走りにくい下生えのあいだをかけぬけ、あるいはかなりの人数がうしろに大幅に遅れながら、街道をナリス軍に追尾してくる。

むろん見通しの悪い森のなかのこと、敵の全体像もまったく見透かすこともできない状態だ。だが、人数的にはかなり敵軍のほうが上回っているだろうことは、おおよそナリス軍にも察せられている。その上に、そちらは職業軍人の精鋭たる国王騎士団――こちらは、職業軍人であるのはリギアひきいる聖騎士団の三個大隊のみ、あとはよせあつめのアムブラの市民たちのクリスタル義勇軍だ。そのあとカラヴィアのランの手で急場の訓練をうけたとはいえ、日もそれほどはたっておらぬ。まだまだ、鍛えられた軍隊になるにはほどとおい。

それでも、ともかくも意気込みだけは誰にも負けぬ——その思いだけに燃えて、ナリス軍はさきを急いだ。ルーナの森を抜ければただちに決戦になだれこもう。そうすれば、あるいは待っているのはむざんな全滅の運命かもしれぬ——だが、もう、怯えることはない。その意気に燃え、悲壮な決意にはやって、ナリス軍の先陣がまずルーナの森を出る。どっと視野がひらける——木々がまばらになって来、そして急にあたりが広々とし、さわやかな夜気がひろがり、まだ木々の茂みは点在するままで、あたりはかなり見晴しのいいゆるやかな丘陵となる。

正面に黒々とわだかまっているのはアレスの丘だ。それを一番小高い丘として、その両側にゆるやかな起伏がある。赤い街道は、夜ゆえくっきりとは見えぬながら、そのなかをひとすじに、パロ一の面積を誇るイーラ湖の方向へとのびている。そのまま、街道はイーラ湖の南岸と北岸をまいて、エルファから北西のケイロニアとの自由国境地帯へとむかうのだ。このあたりは、それほど活気のある人口の多い地方ではないゆえに、赤い街道もクリスタル周辺のように、さまで網の目のようにはりめぐらされているということはなく、主要な街道が太くのびている左右に、枝別れして各地へむかう脇街道がある程度だ。

ルーナの森からアレスの丘、そしてアレスの丘の向こうにひろがる西アレスの森あたりは、クリスタル郊外からはなれてしだいにパロ北部の比較的さびれた地方へむかう途中である。それほど、人家も——当時世界有数の人口を誇るパロとしては多くなく、集落も小さいものが点在するくらいでしかない。さしもの世界の都クリスタルのにぎわいも、ジェニュアから、ルーナの森の手前くらいで終わっているのだ。

その、暗い夜のなかに点々と黒い森、あかりも見えぬ集落らしい屋根々々、丘の中腹の人家のあかり、などがちらほらと見えるアレスの丘のふもと――

「散開！」

ナリスの号令一下、たちまち、ルーナの森をぬけたナリス軍は次々と陣形をととのえてゆく。それはさすがにリギアひきいる聖騎士団を中心とした、義勇軍の必死の結束を見せつけて鮮やかであった。

赤い街道はたちまち、一気に集結する兵士たちで埋まった。それを取り囲むようにして、森からばらばらと飛出してきた国王騎士団の騎士たちが、これも陣容をととのえつつ展開する。森のなかでは騎乗しては進みかたも思うにまかせず、馬からおりて手綱をとらえてひいていた騎士たちが、次々と馬に飛び乗り、そして馬をかってたくみに隊列をととのえてゆく。こちらはまた職業軍人の誇りにかけて、みごとな統制のとれた動きである。

相変わらず、巨大な眼球はじっと夜空の上からかれらの動きを見下ろしていたが、もはや、両軍ともに、そのような、一見無害な怪異にかまっているいとまもなかった。

「陛下、御報告を！　アレスの丘の向こう側にてリーナス軍と戦っております、カレニア軍の戦況は、苦戦であります。数に倍するリーナス軍はカレニア軍を包囲してせめたてつつあり、ローリウス伯はそれに対して必死に応戦しておられますが、徐々に包囲をせばめられつつありますッ」

「わかった。御苦労」

森をぬけたそのときから、すでに丘の向こう側でくりひろげられている、殺戮と戦闘の特有の物音は、遠くかれらの耳にも入ってきている。だがすでに、かれら自身も、間もなくはじまるだろう戦闘に気をとられ、それどころではなくなっていた。

「この場で勝敗を決しようと思うな。出来ればこのままアレスの丘をのぼり、カレニア軍と合流したい」

ナリスからの命令は各部隊にすでに伝達されている。ローリウスひきいるカレニア軍も、なんとかじてナリス軍を迎えたく、必死に血路を切り開いてこようとしている。ナリスの軍勢は両側からなんとかアレスの丘をのぼりつめようとし、国王軍はそれを阻止し、二つの軍を無情にひきはなそうとねらっている。

ナリスはたてつづけに伝令をとばし、陣形をふたつ菱の陣からそれを変形した長菱の陣にかえさせた。そのまま、動きをとめず、リギア騎士団の精鋭を先頭にたて、両翼にクリスタル義勇軍をひろげて、赤い街道を一気にアレスの丘をかけのぼろうともくろむ。そのもくろみをすかさず察して、リティアス軍はいくつかの大隊をくりだし、まわりこむようにナリス軍の進路をふさいでこようとする動きをみせている。だが、ただちにうってかかってくるようすはない。

夜はいよいよ深かった。まだ、あと二、三ザンは夜のあけるきざしは見えぬだろう。おそろしく長い夜になりそうだ——誰もがそう思った。森を抜けるのに、もっと時間をとられるかと思われたが、思いのほかに早くルーナの森を抜け出せたようだ。それが、吉と出るのか、凶と出るのか——どちらにとって吉たるか凶たるか、それはわからぬ。ただ、ナリスにとっては、この夜の明けることはすなわち、あとにしてきたジェニュア街道で、ルナンひきいる聖騎士団の軍勢に、討手の総大将ベックにひきいられた、同じ聖騎士団の大軍が襲いかかるリミットを意味していた。おそらく、いかにルナン軍が勇猛であれ、人数の差はいかんともしがたい。よほどの幸運に恵まれぬかぎり、援軍なしでは、遅かれ早かれルナン軍の命運はつきると看做さなくてはならぬだろう。

ナリスの旗本隊は、そのルナンの一人娘リギアが率いている。父も娘も、ナリスにすべてを捧げて悔いないことを断言して、あえてこの世では二度と生きては会えぬかもしれぬことをも充分覚悟しての上の別れであった。だが、その深いきずなと情愛とはナリスの側からも同じことである。

(できることなら……早く、この当面の敵を倒して、なんとかルナンの救援に兵をさいてやれれば……)

ランズベール侯リュイスの一族を落城とともに失っているだけに、ナリスの思いは切迫している。そのリュイスの幼い遺児キースは健気に一隊をひきいてナリス軍とともにある。

(みな、私のために……)

だが、もはや、感傷に浸っているいとまも、悔いているいとまさえもなかった。

「陛下ッ！　国王軍に動きが！」

「報告！　国王軍が、街道の両側にたての陣を張り、おそらくほどもなく総攻撃の構えかと！」

「わかった。ただちに応戦の構えを！」

ぶきみに重苦しい闇につつまれた夜空に、あやしい眼球が、じっとナリスを見下ろしている。

ひとりナリスをだけ、見つめているのではないにせよ、ナリスには明らかにそのように感じられる。あえて馬車の天蓋をはずし、そのかよわいすがたを挑発的に敵のまえにさらけだしたナリスを、（ここに、俺の獲物がいたのか……）とでもいいたげに、物珍しげに、まじまじと見下ろしているその眼球は、もはやその怪異に馴れて叫ばなくなった人々をさえ、ときたまぎくっとさせる。

ただ目のまえの敵をだけではなく、その上空から見下ろしている怪異をこそ、真の敵の首魁として警戒せねばならぬのだ。いつなんどき、そこからどのようなあやしい魔力が襲いかかってこぬものでもない。が、それをいたずらにおそれていてはもう、どうにもならぬ。

（怪異に対しては、魔道師軍が守る。私はただ……このいくさをなんとか勝ち抜くだけだ！）

ナリスは、かたわらのカイをふりむいた。

「聖王旗を」

きっぱりと命じる。カイがうなづいて、聖王旗を馬車の柱にたかだかとかかげる。それは、敵にたいする、いざ、ござんなれ――という挑発でもあれば、また味方にたいする、聖王ここにあり――という、力強い激励でもあった。それを見上げて、たちまち、

「アル・ジェニウス！　アル・ジェニウス！」

の叫び声がわきあがる。

「ラン」

「はいッ」

「敵のようすがいよいよかわってきた。かかってくる気だ。馬車をとめ、馬車の周囲に陣を作るよう、リギアに。そしてランは、義勇軍の指揮をたのむ」

「かしこまりました！」

「ディラン、なんとかローリウス軍とうまく連絡をとって、なんらかのかたちで合流できるスキがないかどうかかようすを見続けていてくれ」

「心得ました」

「ロルカ、あれのことはお前にまかせたぞ」

ナリスは夜空を指差した。ロルカがうっそりと頭をさげた。

「かしこまりましてございます」

「ヨナ、私からははなれるな。――カイ、伝令への伝達を」

「はいッ」

「ラン、決して、街道から敵軍の動きに目をくらまされておびきだされ、本隊からはなれる

な。おそらく敵は、ちょっとしかけてはひきさがって、義勇軍を本隊からひきはなそうとしてくるはずだ。それにたぶらかされるな――向こうがひいたら、こちらも本隊のまわりへひけ。叩いてはひき、それからまた出て、決してこちらからは出るな」

「かしこまりました、アル・ジェニウス！」

「ナリスさま、国王軍が動き出します！」

敵軍の動きをみていたロルカのことばに、さっと緊張が走った。

「来るぞ！　ぬかるな！」

「はい、アル・ジェニウス！」

「くれぐれも、いのちを粗末にするな。こんなところで、意味もなくいのちを落とすなよ、誰も！」

「はい！　アル・ジェニウス！」

采配がふりあげられる。

怒号とともに、国王軍の尖兵が、街道に殺到した。

またしても、夜の底で、奇怪な眼球に見守られながら、同胞どうしの血で血を洗うたたかいの幕が切っておとされようとしている。

＊

夜は深く、そして長かった。

中原で最も古い文明の歴史を誇る黄金の王国、パロの都クリスタルの周辺で、その深く暗く、そして長い夜のなか、何ヶ所もで激しい戦いがあるいはまさにくりひろげられ、あるいはまた夜明けを待って戦いの幕が切って落とされようとしている。

ジェニュア街道では、厳しい緊張と、戦いがはじまればただちに凄惨な掃討戦になることがわかっているおののきとたかぶりをはらんで、圧倒的な人数のベック軍と、玉砕を覚悟のルナン軍が対峙し、じっと夜明けを待っている。かれらにこの夜は、とてつもなく長い。

そして、ルーナの森をぬけたアレスの丘をはさんで、両側のふもとで、それぞれリーナス軍とカレニア軍、ナリス軍と国王軍の戦いがくりひろげられつつある。どちらも、暗闇のなかで、松明をかかげての戦いであるだけに、激戦、といったところで、日中の戦いほどにきっちりとした陣形もとりづらいし、また足元も、森をぬけたとはいえ、あちこちに茂みが点在し、深い下生えもまだ続き、そして丘にむかってゆるやかに坂になってゆくあたりの地形とあって、一気に総力をあげてぶつかりあってゆく、というわけにはゆかぬ。

それぞれに、暗さに苦しみ、足元の悪さに悩みつつ、敵にむかってゆかねばならぬ。夜ゆえに、やみくもに矢をいかけてはもしかして、味方に当たってしまうかもしれぬ。たぶん国王軍にとってはそれだけではなく、やはり反逆者アルド・ナリスを生かしたままとらえよ、との命令も下っているのだろう。それゆえに、どちらもあえて矢を用いようとはせず、もっぱら剣をふるって切りかかろうという戦法をとっている。

歩兵たちが松明をかざして懸命にあかりを確保しようとするが、今宵は――月夜なのかそうでないのかよくわからぬ。たぶん月夜なのだろうが、その月はおそるべき怪異により、不気味きわまりない巨大な眼球と変じてしまった。それに見下ろされ、星々もあかりとはなってくれぬ地上は暗く、いかに松明をかざしても、その松明のゆらめきに一瞬浮び上がるよろいかぶとから、即座にそれが敵か味方かを見分けるのは至難の業だ。まして、どちらも同じパロ人どうし――つけているよろいもかぶとも、似たものどうしである。

むしろその意味では、さだまったお仕着せをもたぬクリスタル義勇軍がもっとも不利だったといえたかもしれないが――が、また逆に、騎士たちの鋼鉄のよろいかぶとは松明にきらきら光ってその所在を明らかにする役目をはたしているのに対して、義勇軍の粗末な申し訳程度の甲冑は、闇のなかでかくれみののような効果も持っていた。また、この足元の悪さのなかでは、かえって騎乗の騎士たちよりも、徒歩だちの義勇軍のほうが、小回りがきいて楽だ、ともいえる。

それゆえに、ついに激突した――といっても、戦いは、それほど一気に激化はしなかった。出来なかった、といったほうがいい。場所自体も、アレスの丘の頂上までのぼりつめてしまえばひろびろと見晴しがいいが、ことにその東麓では、ルーナの森をぬけたばかり、決してそこまで道は広くない。そこに、暗がりのなかに松明のあかりをたよりに何千人という両軍の兵がひしめきあっているのだ。おのずと、戦うといっても限界があった。

そしてその限界はどちらかといえば、ナリス軍のほうに有利であったのも確かなことであった。広い場所で、自在に兵を動かして戦えるのであれば、装備にも、訓練にもまさる国王騎士団のほうが有利にきまっている。だが、この暗がりで、松明をかざして戦う白兵戦には、むしろその装備の重さや、団体行動に馴れ、命令をうけるのに馴れた訓練のほどがかえって不利にもなる。

同じことは、奇妙なことだが、アレスの丘西麓でくりひろげられている、リーナス軍対カレニア軍のたたかいについてもいえた。カレニア軍は、もともと森林の国カレニアの剽悍な兵士たちであり、カレニアは平野つづきのパロのなかでもっとも森深い地方であったがゆえに、カレニア人たちは最初から、森のなかでの戦いや行動に長を得ていたからである。それゆえ、人数に倍するリーナス軍に対して最初から不利であったわりには、ローリウス伯爵率いるカレニア軍はよく健闘し、ことに夜がふけてきて、リーナス軍のほこさきがにぶってくると、本来のその地方の民らしい精悍さとねばり強さを発揮して、意外なほどに頑張ってリーナス軍の精鋭と互角のたたかいをくりひろげていたのである。

戦いがすすむにつれ、切り倒された死者たち、うめいている負傷者たち、そして倒れた馬の死骸や、足を折られ、あるいは負傷した馬のからだが足元にころがって、いっそう足場を悪く、動きをとりにくくしてくる。暗いなかで、足元から突然負傷者にすがりつかれてうめき声をあげられると、いかに鍛えあげられた職業軍人といえども思わず悲鳴をあげたくなるし、また、負傷者とみせかけていきなり襲いかかってくるたちの悪いゲリラ戦法をとるものもいなくはなかったので、現場は、とうてい文明国の同胞どうしの戦さ、などとはいえぬほどの混乱をきわめた。足元の見えぬままに死体や、死体から流れ出た血のりに足をとられ、ころんでしまえばその上にどっと敵が襲いかかってくる。あるいは、その上にさらにバランスを崩した味方が倒れ込んできて動きがとれなくなりさえする。そのなかで、あわてて血まみれになりながら起上がろうとするところへすかさずおどりかかって馬乗りになり、刃をふりおろすクリスタル義勇軍の兵士たちやカレニア軍の無手勝流のまえに、鍛えられ、訓練された聖騎士たち、国王騎士団の騎士たちはかえってとまどい、あるいはおそれて日頃の力が発揮できぬ。

戦さはまたたく間に泥沼状態と化した。だが、どちらも、(夜のあける前に決着をつけねば……)口に出すまでもなく、その思いがひしひしとのしかかっている。それはことに、ナリス軍のほうに強い——ナリス軍とローリウス軍はなんとか合流したくて必死であったし、ナリスはその上に、夜明けまでになんとか決着をつけ、この場のたたかいに勝利をおさめて、残る兵をひきいてルナン救援にむかわせたいのだ。その思いにかりたてられて、これほど困難な、泥沼のような戦いにも、誰も弱音を吐かぬ。いや、吐いたところでどうなるものでもないが、どちらからも、ほこさきをおさめ、もっと戦いやすい朝になるのを待とうとはせぬ。——国王軍のほうは、あるいはそうしたかったかもしれないが、むかえうつナリス軍のほうがそれを許さないのだ。アレスの丘をはさんで戦っている四つの勢力にとっても、夜は長く、あまりにも暗く、深かった。

おそろしい一夜であった。あちこちから、ひっきりなしに阿鼻叫喚や悲鳴、骨の折れる音、肉の切り裂かれる音、よろいかぶとに当たって刃の折れる音、どさりと倒れ込む物音などがあがり、それをたちまち別の場所からの悲鳴やうめき声がかき消す。お世辞にも、スマートな文明人どうしの戦いなどとはいえたものではない、血のりにすべってころんで、しがみついてのどをかき切り、それから逃れようと刃を握りしめた指がぼろぼろと切られて大地に散らばる、そんなどたばたとした血なまぐさく、正視にたえぬ酸鼻の戦いである。本来であれば、アルド・ナリスの気性とも、パロ人たちのもって生まれた性質ともとてもあわない、血みどろ、汗みどろのぶざまな戦いだった。

だが、もはや、誰もそんなことを思って自嘲しているゆとりさえない。地上はるかの高みからこちらを冷笑的に見下ろしているくだんの眼球にたいするおびえや警戒さえも、この凄惨な血まみれの戦いの前にもう誰もかれも忘れ去った。もう、いったいいつから戦い続け、何のために戦っているのかさえ、ある意味では、朦朧となった頭に、誰もがわからなくなっていたかもしれぬ。もうこのありさまのなかでは、伝令も無意味であった――それが持ってゆかれる先も大混戦のただなかで、伝令だの命令などきけるような状態ではなかった。また、戦法も兵法も意味をなさなかった。どのみちもう、敵味方が完全に入り乱れてしまっていたし、ことに東麓のナリス軍と国王軍は、せまいところに両軍が足の踏み場もなく入り組んで、どこに逃げもかくれもしようがなかった。誰もが、ただひたすら、朝の光がさしそめてくることだけを心のどこかでこい願っていた。朝になれば、この地獄もおわる――たとえそれが負け戦であってさえかまわぬ。朝になって、理性の光がさしてくれば――すべてがまた明るみに戻り、松明の光にちらりといきなり照し出される悪鬼の形相、血走った目、てらてらと

光る顔、ふりかざされる血塗られた刃、ウマのむきだした歯、顔にいきなりあたるすさまじい血しぶき、そうした悪夢がすべて、明るいルアーのめぐみの光のなかに明らかにされる──そして恐怖と戦慄と血にまみれたおぞましい地獄の一夜が終わる。そのことだけを、ひたすらこい願うて、かれらはすでに悪魔たちにあやつられるゾンビーにすぎぬものに化してしまったかのように刃をふり、機械的に襲いかかってくる敵とたたかい、いつまでたっても終わらぬかに思える戦いにうめき泣きながらたたかいつづけていた。それは、醒めることを忘れてしまった悪夢そのものとしか思えなかったし、なにものかのおおいなる呪いの結果としか思えなかった。

長い、長い夜──

その、同じ夜の底に、かなりはなれたところに、パロ聖王宮もひっそりと不吉にわだかまっている。

アレスの丘であおぎみたあの恐怖のイリスは、むろんのこと、そこにつどうた兵士たちにだけそのおぞましいすがたをあらわしたわけではなかった。それは、全クリスタルの夜の空に、同じぶきみなありさまでかかっていたし、むろんだから対峙して夜明けの開戦をいまや遅しと待っているルナン軍の兵士たちからも、ベック軍の騎士たちからも、はっきりと見上げられた。むろんまた、それはクリスタル市の住人たち──その大半はもうとっくに眠りについていたにせよ──からも見ることができたし、クリスタル・パレスからももちろん見えたのである。

当然、最初のうちは、ルナン軍にも、たぶんベック軍にも激しい動揺や恐怖や、指さして叫びたてるものたちが多くあった。クリスタル市の住人たちのほうが、比較的その怪異におびやかされることは少なくてすんだかもしれぬ——何をいうにもそれは、あまりにも夜のまっただなか、普通のものならばとっくに床にはいり、窓の外を見上げることも忘れて深々と熟睡しているような時間の出来事であったのだから。だが、まさに血で血を洗う内乱のクライマックスが本当に勃発せんとしている、という緊迫しきった時期であったから、クリスタルの富裕な町人たちや、また貴族たちのなかにも、いよいよその難を避けてどこか地方へおちのび、平和になったら戻ってこようと荷造りをはじめて様子をみているものもたくさんいた。そういうものたちは、びくびくしながらジェニュアのようす、クリスタル・パレスのようすをうかがっていたから、このおそるべき夜の怪異にも、あるいはそうして逃亡しようと考えているものどうしから連絡がとどき、おどろいて窓に寄って上を見上げて魂を宙にとばした者もおおいにあったかもしれぬ。

いずれにせよ、それは、パロがその長い歴史のなかでもかつて迎えたことのないほどに、奇怪な、そして妖しい緊迫した長い長い一夜であったのは、確かなことであった。

そして、また——

2

「姫さまッ」

その同じ深い闇につつまれた、クリスタル・パレスの奥ふかく――

そこにも、同じあやしい夜は長く、あやしくおとずれていたことには、何のちがいもなかった。

「姫さまッ、見てッ。――ほら、早くッ」

パレスの東、ネルヴァ城にほど近い端にたつ、白亜の塔――

その上は、このところずっと、異様な厳戒態勢のなかにおかれ、パレスにつとめるものでも、塔そのものにさえうかうかと近づくことは許されない。

それも、当然であった。

「どうしたの、スニ――こんなに遅くに」

激しくゆさぶられて、はっとしたように目を開いたのは、クリスタル大公妃、第一王位継承権者、王姉――ありとあらゆる貴婦人の栄誉に包まれた、リンダ王女であった。

すでに、この白亜の塔に幽閉されてからいったいどのくらいの時間が流れたものか、何も日づけをはかるような道具をあたえられないゆえに、リンダにもさだかではなくなっている。弟レムス国王に無理やりにひきとめられ、病身の夫のもとに戻ろうとするところをおさえられて、ついにレムスの正体に直面するにいたったのが、半月前なのか、それとももうそれ以上の長い時間がたっているのか――

それももう、リンダにはわからない。食事は規則正しく運ばれてくるゆえ、最初は懸命に、なんとかしてその回数を覚えておいて日時を知るよすがにしようとつとめていたが、あまりに回数がたびかさなるとついにわからなくなった。リンダには、衣食住に関するかぎりは何不自由のないよう、きちんとその幽閉のための設備もととのえられている。あつかいも丁重で、悪くはない。食事もきちんきちんと調理された、栄養のバランスも考えられた、豪華とはいかないがおいしい変化にとんだ献立が、侍女の手で届けられてくるし、湯あみも望んだときにただちに一階下に用意された浴室で自由にしていいことになっている。また、衣類も、どうやって運んできたのか彼女のもともとの、王女宮で暮らしていたときの懐かしい衣類が半分以上運びこまれて、一室が衣裳部屋にあてられ、好きなものを着ているように、と慫慂されていた。汚れればただちに持っていって綺麗にしてくるし、室内の掃除もゆきとどいている。花までも、飾ってある。とても、囚人というには恵まれた環境であるかもしれぬ。

だが、そのかわりに、無聊をまぎらすような品は一切与えられない。ことに、筆記用具とか紙類、本なども何もあたえられぬので、何日たったか、あるいはどのようなことがあったかをひそかに記録しておきたくても、それはまったく許されない。それゆえ、食事の回数を記憶しておいて、幽閉されてどのくらい日時がたったかのよすがにしようとしたリンダのこころみは、あるときにふと熱を出して終日うつらうつらとなった日が二日ばかり続いてから、まったく挫折してしまっていた。

その発熱はどうやらショック性のものだったらしく、幽閉されてから、おそらく十日ばかりしてのものであったが、その発熱のあと、リンダのもとに、突然、懐かしい友——というよりも、リンダにとっては家族にもひとしいひとびとが連れてこられた。女官長として、ずっとリンダに仕えているデビ・アニミアと、そしてリンダには最愛の心の友というべき、ノスフェラスの砂漠からリンダを慕ってともにやってきたセム族の娘スニである。それはおそらく、リンダの容態をみて、リンダが幽閉の精神的なショックのために、発狂したり、あるいは憂悶におちいって自殺してしまったりせぬようにと、つきそいとして与えられたものであるらしかった。

むろん、その二人——この上もなく慕わしい、愛する二人とまた一緒になれたことは、リンダにとっては、とても慰めになることであった。もはや、どのようにしてもこの幽閉から、なまなかなことでは逃亡できぬこと、解放されるのはきわめて困難だろうということは、リンダにはよく理解されていた。リンダの前に、すでにレムスに憑依した怪物はそのおぞましい正体をあらわにしていた。そしてまた、それによって、レムスを通して、その侵略者がリンダの愛するパロをどのようにねらっているかも、その本当の野望も、リンダには明らかにされていたのだ。

それゆえに、リンダには、ことの重大さがもっともよくわかっていたが、それだけにまた、相手の強大さも、おそるべき魔力も、いやというほど思い知らされていた。リンダを救出に潜入してきたヴァレリウスは、リンダの目の前であっけなくうちたおされ、とらわれの身となったのだ。

ヴァレリウスはリンダの知るかぎりでは、パロの魔道師ギルドのなかでもかなり力のある魔道師のはずであった。そのヴァレリウスがそれほどあっけなくうちたおされるのを見れば、リンダとしても、希望を失わざるを得ない。

それに、自分がなぜとらえられたのか――すなわち、キタイの侵略者の本当の目的は、彼女の夫、アルド・ナリスを、その所有しているパロ最大の謎、古代機械の秘密もろとも手にいれたいのだということ、そして彼女自身はそのための人質なのだ、ということも、すでにリンダにはよくわかっていた。それゆえに、侵略者は、その望みをはたすまでは、決してリンダを釈放してはくれぬだろうということも。

その絶望的な窮地のさなかで、スニとデビ・アニミアが彼女に仕え、身のまわりの世話をするために送り込まれてこなかったら、それこそ相手のおそれたとおり、いかに気性の勝ったリンダといえども、発狂してしまったかもしれない。だが、また、送り込まれてきた二人のことばはリンダをうちのめした。ずっと幽閉され、外との連絡も一切とれぬようにされていたリンダにとっては、スニとデビ・アニミアがもたらしたさまざまな報告が、唯一、そのあとの情報にほかならなかったからだ。

デビ・アニミアが涙ながらに告げたのは、懐かしい彼女と夫とのすまいであるカリナエ宮が国王の手の者によって破壊され、封じられ——その前に夫は首尾よく脱出に成功はしたものの、カリナエは踏みにじられ、執事たちも捕えられ、老家令のダンカンや小姓たちが大勢むざんにも切り殺された、という悲しい知らせであった。ナリス本人はリンダの救出を誓ってすでにランズベール城にたてこもり、反乱の火の手をあげるべく行動をおこした、というのは、リンダには救いであったが、しかし、それはいっそう、そのあとのなりゆきについての不安をつのらせた。そのまま、デビ・アニミアとスニとがひきつづき一緒にいて、リンダの世話をなにくれと見てくれることが許されたものの、そのあといったい反乱のなりゆきがどのようになったのか、ナリスの運命はどうなったのか——それについて教えてくれるものは誰もいない。

また数日たつと、こんどは、侍女たちが数人選ばれてきて、アニミアの下につけられ、交替でリンダの面倒をみるようになって、さらに待遇はよくなったが、この侍女たちも、もともとアニミアの部下であった女官たちではなく、無口でえたいのしれぬ、どこから連れてこられたのかわからぬ女たちであった。きわめてよく訓練されていて、なんでもただちにかなえてくれたが、食事を運び、湯あみや身のまわりの世話をし、掃除をし、いごこちよいようにつとめてくれるだけで、一切気持の交流を持とうとしてみても無駄であった。たぶん、そのようにしっかりと精神を封印されていたのかもしれぬ。個人的に親しくなってみようと話し掛けてみても、まったく無駄であった。

それきり、またどのくらいの日々が流れたのか、リンダにも、アニミアにも、むろんもともとあまり時間の概念など持たぬセム族であるスニにも、知るすべは失われている。

この白亜の塔は、広大なクリスタル・パレスの東端にある。そこからパレス中心部のあいだには、かなり広い王妃宮がひろがり、視界の自由をもさえぎっているし、また懐かしいカリナエからはずっと遠い。パレスそのものが、下手をしたら田舎の小さな一町くらいありそうなくらいの敷地を誇っているのだ。そのなかに、七つのおもだった塔をはじめとするたくさんの尖塔がたち、そのあいだにたくさんの大小の庭園がしつらえられ、そしてたくさんの建物がたちならんでいる。それゆえ、その一画にとじこめられてはいても、パレスのほかの場所でどのような事件がおきているのか、何も知る方法はない。

リンダが日常的にとじこめられているのは、白亜の塔の、ちょうどまんなかくらいの高さの室であった。窓をあけることは許されている――窓の外には格子がはまっているのだが。だがそこから見晴せるのは王妃宮とその中庭くらいまでだ。そして反対側のネルヴァ城側の窓ははめ殺しになっている。

湯あみのときにはもう一階下を自由に使うことがゆるされたし、散歩というにはあまりにもせまくるしくても、その一階上下までは、いったりきたりすることは自由にされていたが、べつだんそうしたところでしかたがなかった。リンダのいる階そのものは、小さいがかなり瀟洒な寝室と、それにスニとアニミアのための狭い寝室、そのあいだに小さな控の間とひるまをすごす居間がある、というふうになっていて、決しておそろしく狭苦しいわけではない。

むしろ、これほど優遇され、大切にあつかわれている囚人は他にはいないだろう、ということだけは、誰もが認めざるを得なかっただろう。

だが、そうであればあるほど、リンダにとっては、たえざる憂悶の思いの晴れるときがない。

(私は……どうなってしまうのかしら……)

(ナリスは——あのひとは、どうしているのだろう……)

ここへは、むろん、何ひとつ、伝わってはこない。

一夜、なにやら不穏な物音が遠くからしてくるように思い、窓をあけてみると、はるか遠くのほうで空がまるで、その下で大きな火事でもあるかのように赤くなっているのを見た。だが、それきりで、何がおこったのかをたずねたくとも、ほとんど口をきかぬ侍女たちは、問いただしてみても首をふってひきさがってしまうだけであった。リンダの不安はただいたずらにつのるばかりだった。

また、アニミアとスニが告げたカリナエの崩壊のあと、クリスタルに何がおこったか、についても、何ひとつ手がかりはない。ときたまここにさえつたわってくる、何か激しい津波のような大勢の怒号めいたものがきこえることもある。だがそのときには、不安な思いをこらえてじっとうずくまっているしかない。

彼女の幽閉は、巧妙で徹底的であった。べつだん、カギが厳重にかけられ、いつも見張られているわけでもなければ、手足を鎖でつながれているというわけでもない。この塔のなかにいるかぎりは、上下三階を上がり下がりする自由もあるし、そのなかでは、何か望めば、花でも衣類でも食べ物でもすぐ希望がかなえられる。望めば酒でも与えられただろう。楽器を所望したところ、小さな笛があたえられた。それ以上のものは「音がしますので……」と断られた。だがその小さな笛だけでも、幽閉された彼女にとってはこの上もない慰めであった。

読み書きするものは与えられない——本が与えられないことについては、おそらく、紙を与えるとなんらかのかたちで連絡しようとつとめるのではないかと警戒されているのだろう。そして、いっていいことになっている階より下へゆこうとしても、べつだん見張りがたっていて厳重に出入りを禁じている、というわけではなかった——それよりももっと、ずっと陰険なこと——ただ単に、その下の階には、その階のいくつかの室を出入りする扉はあって、そこから下におりるための階段はまったく見当たらないのであった。

だが、侍女たちが出入りしている以上は、どこかに出入り口がないわけはない。しかしそれはリンダには教えられぬ。そしてまた、上の階もそうであった。それより上へのぼる階段は、たぶんそこへゆくための扉を壁にして塗り込めてしまったのだろう。リンダの世界は、いまや、この狭い塔の上下あわせて三階のなかだけにつきてしまっているのだ。外を見るのも、リンダの寝室のある階のいくつかの小さな窓からに限られる。もう一階上の階にゆくと、窓はみな、外からふさがれていた。その高さまでのぼると、もうちょっと遠くが見晴せるからなのだろう。

それが、現在のリンダの境涯であった。スニとデビ・アニミアが話し相手になっていてくれることが、どれほど哀れな囚人と堕さされた彼女の心をなぐさめ、はげましたかは、いいしれぬほどであったが、それにしても、このまま自分はどうなってゆくのだろう、という不安はひっきりなしに彼女の心をさいなんでいる。

恐しい敵にとらえられ、おのが国がむしばまれ、ほろぼされようとしているというのにどうすることもできないでいる——というだけでも、勝気で、しかも王家の姫、王に何かあればただちに女の身に王冠をつけて女王と呼ばれるべき存在である第一王位継承権者たる誇りにみちたリンダにとっては、とうてい耐えられぬほどつらいことであったが、その上に、夫の心配がある。夫は、半身不随の、身動きも思うにまかせぬ、かよわい病人である。しかもその上に、ただの病人ならまだしも、敵につけねらわれ、キタイに拉致されようとねらわれており——その上に、その半身不随の不自由なからだをひきずって、パロを守るためにたとうとしている反乱軍の首魁であるのだ。

思うほどに、リンダの胸はつぶれそうであった。ナリスの身の上が案じられるあまり、いく夜寝られぬ夜をすごしたかわからない。夜中に目がさめればただちに、寝が浅く、不眠で苦しんでいた夫のことを思い、夫がいまどこで何をしているのかと、何もわからぬ苦しみにもだえ、輾転反側してようやく朝を迎えるときには枕が泣き濡れている——そのような夜もいくつ重なったかもうわからぬほどであった。朝、目を泣き腫らしているのをみると、アニミアも、スニもいたく心配して、彼女たちも泣き出しそうになる。いや、リンダよりも涙もろいデビ・アニミア自身が、毎夜のように泣き明しているようだ。だが、いかに心配されても、案じられても、この境涯がかわるわけでも、この不安や苦しみがおわるわけでもなかった。

（あのひとは……あのひとはまだ無事かしら……いったいいまはどうなってしまっているのだろう……）

健康な者であったとしても、そうやって反乱をたくらんだ夫が消息が不明になったなら、心配で胸もつぶれる思いをしただろう。だが、彼女の夫は、むざんな拷問のために一人で歩くことも、身をおこすこともかなわぬからだにされてひさしいばかりではなかった。ただ、そうしてからだが不自由だというだけでさえない。リンダからみれば、ナリスは、その精神も、魂もまた、尋常の者とはあまりにも違う色合いに染められている、あまりにも特殊な存在である。

（あのひとは……私がいなくては……どうなってしまうのかわからないひと――本当は子どものようにたよりなくもろい心を持った、はかない蝶々か花みたいなひと……だのに、あのひとは、あえてパロを守るためにあのからだと、あのかよわい心で反乱を決意したのだわ……）

（なんという勇気だろう――なんと困難なことをあのひとはやりとおそうと決意していることだろう。――だのに、私は……いざ反乱というときには必ず、あのひとにかわって、私がよろいかぶとをつけ、総大将として陣頭に立って指揮しようと決意した身でありながら……

こんなところで……とじこめられて、どうすることもできずに……）

ナリス側とても、ただリンダがこうしてとらわれているままに手をこまねいているわけではないだろう、ということは、リンダも何回となく自分にも、また悲しんだり不安がるアニミアたちにも言い聞かせていた――むしろ、自分を説得したいかのように。

「そうですとも。あのひとが私をこのままにしておくと思って。そんなひとではないわ……もちろん、いろいろと手をうってくれているに決まっている。でも、きっと……いまはまだ、どうにもならないのよ。あのひと自身が、カリナエをおわれ、必死に態勢を立て直そうとしているときなんですもの」

それはまさに、そうであるに違いない。だからこそ、自分がその手助けをすることができないのが――それどころか、竜王がなんといって、彼女の虜囚をナリスとの交渉の道具にしているのか、それがひどく気になって気になってたまらぬ。おそらく、ナリスに降伏と秘密の提供を迫る最大の道具として、リンダの安否はおおいにふりかざされているに決まっているのだろう。

（いっそ、私がいなければ……）

この身が、舌をかんででも、食事のときにあたえられるナイフでも盗みだして胸をついてでも、果ててしまえば、夫にそんな苦しみや嘆きをかけることはないだろう――とさえ、何回となく考えてはみた。

だが、やはり、リンダには、そうすることはできなかった。それは、彼女の気質のなかにはない。誇り高きパロの聖王家の、青い血の純血を誇るリンダ・アルディア・ジェイナには、そのように、戦わずしておのが身をくちはてるなどという、負け犬の戦いかたはどうしても許容できないのだ。

(私がいなければ……)と考えてみるのは一瞬で、つねにそれは、(何をいってるの、リンダ——お前がそんなふうに相手に屈して、それであのひとがほっとするとでも思うの……)という、激しい燃えるような思いにかわった。

(そんなふうになさけないことを考えるお前ではなかったはずだわ、リンダ——長い幽閉と希望のなさのために、お前は気がおかしくなりかけている。しっかりするのよ……お前になすべきことは、決して希望をすてないことよ……そして、なんとかしてここを脱出して、そして一刻もはやくナリスを助け、その右腕となってナリスの反乱を成功させ——パロを救い出してナリスをパロ聖王の座につけることよ……パロが救われるためには、本当にもう、それしか残されていないんだわ……)

その思いは、一瞬も消えたことがない。ときに絶望にさいなまれる夜でさえ、どれほど苦しみにたえかねていっそ——と思うときでさえ、やはり、(一刻も早くナリスのもとへ……)という、その狂おしい思いだけは、決して消えることがなかった。それがなかったら、いかに精神的に強く、数多くの試練にたえてきたといいながら、いかな彼女といえどもうとっくに、憂悶のために、無気力となりはてていたかもしれぬ。

(私は——私は必ず、生きてまたナリスに会うわ……)

ひきはなされ、このような絶望的な状況におかれているほどに、リンダは、おのれがいかに、名のみの夫を深く愛しているかを痛感するようになっていた。

名のみの夫——ナリス自身がそういっていたにせよ、リンダのほうはそうは思っていない。

（夫婦とは……よくわからないけれど、ナリスは……私たちが、本当の夫婦のいとなみをしていない、と気にかけていたようだけど……夫婦とはそんなことだけではないと思うわ……）

長い、長い、何もすることのない時間——読むものも、することもなく、ただ幽閉されて、考えるだけしかない時間のなかで、何回となく、そのことをもまたリンダは考えてみたのだった。というか、もっともよく考えたのは、ナリスのこと以外にはなかった、というべきかもしれない。

ナリスは、彼女にむかって、拷問のために男性としての機能を喪失した自分といるよりは——と、暗に別れて別の幸せを探すように慫慂したのだった。それに対して、リンダはまったくその提案を問題としなかった。彼女にとっては、いまはあるていどはナリスのいったことばの意味はわかっていたが、にもかかわらず、それは彼女にとっては問題ではなかった。

（だって、私はナリスを愛している——それ以外に何があるというの。私はナリスを愛している。そのことは、誰にもかえることもとめることもできない。私のからだをこうして幽閉し、ナリスとひきはなすことはできたって、私の気持がナリスの上にとんでいるのをとめることは竜王にだってできやしないわ……）

ナリスが、彼女を処女姫のままに妻としたせいなのだろうか。

リンダの、あれほどにその霊力を時として恐れられたり、驚かれたりした予知能力者としての力、また巫女としての力は、まったく、クリスタル大公妃となったいまでも変わっておらぬようだ。だが、それは、彼女自身のことはあまり彼女に告げてはくれない。

(ナリス——私、ここにとじこめられてから、それはたくさんの夢をみたわ……覚えきれないほどたくさんの、ときにはとてもとても重要だと思う夢をみたわ。……そのなかには、とても恐しいものもあったし——幸せで目ざめたくないと思うものもあったけれど……また、これが本当に神のお告げであったのだったら、私はどうしたらいいのだろう、と錯乱するようなものもあったのだけれど……)

(でも、ただひとつのことだけは確かだわ……それは、たとえどんなことになっても、私が——私があなたを愛しているということ。どのような運命のなかでも、どうやってひきはなされていても——私の思いはいつもあなたの上にあるということ……私の夢や予知が何をつげても、私はあなたと一緒……)

(ああ、ナリス……どの夢がまことの予知で、どの夢がただの恐怖が生んだ悪夢なのか、それさえ私にわかったならば……)

リンダの予知は、どうやって訪れるかも、またそれがどうやって真実となるのかも、彼女自身には、まったく理解するすべがないのである。

だが、予知だけではなく、霊感もすぐれて強いリンダであったので、魔道師としての訓練などは何も受けてなくても、なんとなくいろいろなことを感じることはできなくはない。

（なんだかこのところ……空気が変わろうとしている気がする。何がどうかわるのだか、何がそのきっかけになるのか、それとももう何かおこってしまったのか、それは何もわからないんだけれど……）

その、胸のざわめきの激しいままに、リンダは、この一日二日は、なんとなくよく寝られぬ日々をすごしていたのだった。

それだけに、夜更けにわざわざ寝室まで飛込んできたスニのことばにも、それほど虚をつかれたとはいえなかったかもしれぬ。そんな急変が、あるいは訪れることを、どこかが予期していたのかもしれないのだ。その分、寝も浅かった。というより、うつらうつらとしていただけで、ずっと心はどこかで醒めて、スニが飛込んでくるのを待っていたような気さえする。

「どうしたの、スニ」

「姫さま、見て」

スニは、もどかしげにリンダの手を引っ張った。

「姫さま！——お月さま、変」

3

「お月さまが……変？」

リンダは飛び起きた。ベッドのかたわらの椅子にかけてあったうすいガウンをいそいで夜着の上にまとい、室内用のうわばきに足を入れて、スニに手をひかれるままに居間へ出てゆく。スニは窓にとびついて、しきりとその外を指差した。

「ほら、お月さま、変——気持悪い。化け物のお月さまだよッ」

「まあ」

リンダは息をのんだ。

すでにご存じのとおり、格子で仕切られた夜空にひろがっているのは、ぶきみなおぞましいあの眼球の月であった。ぶきみな巨大な目は、リンダのいる白亜の塔になど何の関心もむけていないかのように中空にかかって、下のほうを見下ろしているかのようだ。

「なんなの……これは……」

リンダは思わずヤーンの印を切った。スニは、必死の形相でリンダのスカートにしがみついた。

「お月さま、変だよ、姫さま」

リンダが結婚し、クリスタル大公妃となってからは、長年呼び馴れた「姫さま」という呼び方はかえなくてはいけない、といわれて、一生懸命「お妃さま」という呼び名に馴れようとこころみてはいるものの、どうしても、スニのちいさな頭脳にとってはその呼びかえがぴんとこないらしい。

ことに、この塔に幽閉されてしまってからは、どうしても「お妃さま」と呼ばせなくてはならぬというものでもないし、そう呼ばれることそのものが、たえずリンダに、ひきはなされている夫のことを思い出させて辛くもあったので、リンダが特にゆるして、姫さま、という呼び方に戻ってもいいということになっていたのだった。

「大丈夫よ、スニ」

リンダはそっと手をのばして、安心させるようにスニの小さな手を握ってやった。その小さな、子供のような手を握っていると、自分もいくぶんほっと気持がやわらいでくる気がする。

「あれはとても気味がわるいけれど——何も悪いことをいますぐしかけてはこないようだわ。ああして、あそこから見ているだけみたいよ。いたずらに怖がってもしかたがないわ」

「イヤよ、あんなお月さま、スニ、イヤ」

スニは泣きそうな顔で言い張った。そして、見るからにうろんそうに、巨大な眼球の月を窓ごしににらみつけた。

「あれ、とてもよくないもの。なんだか、とてもいけないものが見ている気がする。姫さま、スニ、イヤよ、あのお月さま、イヤ」

「私だってイヤよ」

リンダは、なおも、何かこの怪異について手がかりになってくれるものはないかと、こわがるスニをちょっとおしのけて窓をあけ、格子のあいだから細い手をさしのべた。夜気が流れ込んでくる。夜気のなかには、特にかわった気配があるわけでもないが、しかしどこかに、かすかに騒擾の気配に似たものがひそんでいる気がする。

(何か……あったのかしら。……世界が苦しんでいる。パロが、いえ、クリスタルの都が不安におののき——そして世界がふるえ、苦しんでいるのが感じられるわ。……どうしたのだろう。寝る前はそうでもなかったのに——今夜はなんだか、世界がとても——変)

いよいよ、何か大きな変事が、それとも異変がおころうとしているのだろうか、と、勇気をふるってぶきみなおぞましい眼球の月をにらむ。霊感のつよいリンダには、それから発されている《気》がパロに固有のもの、あるいは中原のものでさえないことくらいはなんとなく感じられる。

(これは……あの——キタイの怪物にかかわりのあるもののようだわ……だとしたら……)

いよいよキタイ王がそのおそるべき野望のキバをむきだして、愛するパロにおそいかかろうとするその手はじめが、このぶきみな眼球なのだろうか、と疑う。

(クリスタルの町で……市民たちもさぞかしおそれおののいて騒ぎ立てているのかしら……

それとも、こんなこととも何も知らず、やすらかに眠っていて窓の外など見ないのかしら……）

リンダは、その眼球の月から発せられるかなり強い瘴気のようなものに少しぐったりしてきて、窓をしめた。そっとカーテンをしめ、丁寧にその怪異を視界からしめだすと、少しほっとした。彼女には、いとしい夫がジェニュアを追われ、さらにはるかカレニアをめざしてクリスタルをおちのびて、ここから数十モータッドのアレスの丘のふもとでたったいま、必死のたたかいを味方たちともどもくりひろげているのだ、と知るすべもない。彼女の持っている能力は、魔道師たちのそれとは違う。むしろ、リンダのそれは予知者のもの――彼女自身の自由にならぬ、神に属する巫女の力でしかないのだ。

だが、生来のつよい霊感のために、リンダはいっそう激しい胸騒ぎを覚えていた。

（おかしいわ……なんでこんなに胸が騒ぐのだろう……）

（何か不吉なことがおきているような……何かとても恐しいことが……わからない。このしばらく、なんとなく胸がざわめいていたけれど、こんなにも激しく動悸がたかまったことはなかった。どうしたのだろう……これがイヤな予感でなければいいのだけれど……）

自分の予感は、あたるというよりも、ただ単に、本当にあることをあらかじめ感じているにすぎない。そのことがわかっているだけに、リンダには、おのれの不安のたかまりがひどく不吉なものに思われる。

（あのひとは……）

ベッドに戻る気力もなく、リンダはそのまま居間のソファにくずれるように腰をおろした。スニが心配そうにそのリンダをみたが、そのままちょこちょこと奥に入ってゆく。リンダはそれにも気づかぬままに、力なく両手に顔を埋めた。

(あのひとは……あのひとは大丈夫だろうか。……このところ、なんだか——私はとても不安だった。あのひとのいのちのロウソクの炎がひっきりなしにつよい風にゆらいでいるようなーーそんな不吉な気持がして、どうにもいたたまらなかった。……それがとてもいやで不安で——じっとしていても叫びだしたいほど不安がつのっていたわ。……そうだ……)

(どうしてかわからない。ただ——そうだ、このあいだ私は夢をみた……いえ、何回も何回も同じ夢をみた。いつもそれは……ロウソクの夢だった。ロウソクが一本、暗闇にまたたいている。かぼそく、かよわく——でも力づよく、清らかに美しく、勇敢に……そして……)

ふいに、おそろしいほどまざまざと、昨夜だか、その前だかに見た夢が脳裏によみがえってきて、リンダはうめくように両手をもみしぼった。どの夢が先であったか順序さえ忘れてしまったし、それに、ひと晩に何回も覚醒してしまうために、どの夜にどの夢をみて、どのあけがたにどの夢がその前の夢につづいたのかよくわからないのだ。だが、夢のひとつひとつは恐しいほど鮮明であった。

(そうだ……あの一番印象的だった夢のなかで……暗闇に一本のロウソクが健気にまたたいていて……それを、ぶきみなものたちがとりかこんで、のぞきこんで、話をしていた。……そうだわ。うんとロウソクは小さく、見下ろしているものたちは……ひとつ目の、ひげの長い老人たちだった。かれらの話し声がどういうわけかとてもいんいんとひびいて私の頭のなかにきこえたわ。――かれらは話していた。『このロウソクをそろそろ消してしまったほうがいいのじゃないかね』と一人がいうと――もう一人の老人が『いや、このロウソクはだんだん力強くともるようになってきた。当分このロウソクは消えることはない』と主張した――そして二人の老人はそのロウソクをふきけすかどうかで口争いをしはじめた。――そのあいだにもうひとりの……よくわからない、妙な怪物のようなすがたをした下品な動物が奇妙な声をあげて笑いながら、そのロウソクに手をのばしてとりあげて吹き消そうとした。それを、上品な老人がとがめて、その動物に怒り、消させまいとした……みんなが、その一本のロウソクを消すかどうかで争っていたのを……まざまざと私は覚えている。そして全然意味はわからなかったのにいいようもない不安と恐怖に汗びっしょりになって灰色のあけがたに目覚めたのだった……)

(あれは、何を意味していたのだろう。ふつう――ふつう、夢についての学問のなかでは……ロウソクが意味するものは、ひとの寿命――)

(まさか、あれは……)

(あれは、あのひとの……)

(老人たちは……ヤーンのように見えた。でもヤーンがあんなに大勢いるなどという話はきいたこともない……でも、あの老人たちは、あの妙な動物を別にすると、みんな、ヤーンとしか思えないような……ひとつ目で、長いあごひげをはやし、腰から下はヤギのようにみえ……長いつのぶえを持っていたり、まがりくねった杖を持っていたりした……そして、かれらは、妙にくすくす笑いながらあのロウソクについてしきりと論議していた……

（あのちいさな金色の、深い闇にまたたいていた勇敢なロウソク……）

リンダはふいに、耐えがたいほどの胸のいたみをおぼえて、両手でぎゅっとおのれの胸をおさえつけた。

そのとき、小さな声がした。

「姫さま……姫さま、これ」

「あ……」

リンダは顔をあげた。スニが、ちょこちょこと膝の前に、小さな手にカップをささげて立っていた。カップからはゆげとあたたかなかおりがたちのぼっている。

「まあ、カラム水をあたためてきてくれたのね。スニ」

スニは得意そうにうなづいた。リンダはそれをそっとうけとり、思わず涙ぐんだ。

「優しい子ね、スニ。——お前もあの怪異がさぞかし怖いのでしょうに、私をはげまそうとして、こんなに私を気づかってくれるのね。有難う、有難う、スニ」

「姫さま、目玉の月、怖くないよ」

スニは健気に——というよりも、必死の形相で言い張った。

「あんなの、気にしたら駄目よ。——姫さまとても考えこんでた。スニが、姫さま起こさなければよかったかな、思た」

「そんなこと、心配しなくていいのよ。なんでも、起こることは知っているほうがどんなに心丈夫かわからない。起こしてくれてよかったことよ……それに、ああ、あたたかいカラム水でなんだかとてもほっとするようだわ」

リンダは、かぐわしいカラム水の香気とゆげのなかに鼻を埋めた。だが、ふいに、むせぶような悲しみがリンダにも思いがけぬほどの強さでつきあげてきた。彼女はこらえようとしたが、こらえることができなかった。リンダはカラム水のカップをもったまま、思わず低いすすり泣きをもらした。

「ひ、姫さま」

「あのひとはいつも……いつもカラム水を……こういってたわ、いつも……『うんと熱いカラム水をおくれ、カイ。それに、なるべく濃く、甘くしてね』って。──干したヴァシャの実を入れることもあったわ……私、いつもいつもそれをきくたびにからかったものだわ……『あなたって、ほかの点ではあんなに素晴しい高雅な趣味をうたわれているのに、本当にカラム水についてだけは病気もいいところね、ナリス』って。──『甘くて熱くて濃いカラム水！　気が知れないわ。カラム水は、冷たい水で割ってうんと冷やして飲むほうが、絶対においしいことよ、そうじゃない？』って。そうすると……そうするとあの人は、ちょっとイヤな顔をしてこういったわ……気を悪くしたわけではないのだ、っていうことを私に示そうとして、云い終わってからかるく笑ってみせるんだけど……本当はちょっと気を悪くしてることは私にはわかってたわ。『いいじゃないか。どうせ私にはいろいろな中毒があるんだ。

カラム水中毒なんて、その一番罪のかるいものにすぎないんだから。私の悪徳のリストのなかで、甘くて熱いカラム水が好きだなんてことは、一番、ヤーンのお許しを得てしかるべきものなんじゃないの?』って……そうよ。あのひとは……あのひとはいつも、カラム水を熱くしないくらいなら、熱くしすぎたほうがマシだというんだわ……」

リンダはたまりかねたように、カップをテーブルの上においた。そして、とうとう、こらえかねて両手で顔をおおい、歔欷《きょき》の声をもらした。

「ああ……ああ、ナリス――いまごろ、どうしているの。いまごろ、どこにいるの……私の――私の………」

「姫さま!」

スニはすっかりあわてた。

おろおろしながらリンダにしがみついて、その膝にとびつくようにしてなんとかしてなだめようとする。

「姫さま、泣かないで、泣かないで」

スニは必死になって、リンダをなぐさめようとのぞきこんだ。

「スニがわるかったよ。スニに怒っていいから、姫さま泣かないで。姫さま悲しくするつもりスニなかったよ。ごめんね、ごめんね」

「まあ……スニ」

リンダは、ようやく気づいて、手さぐりであたりをまさぐった。スニがいそいで手布をさしだした。リンダはそれで顔をぬぐい、恥かしそうに微笑んだ。

「私、お前にひどいことをしたわね」

リンダは、手布をおき、スニのほうに手をさしのべた。

「せっかくのお前の心づくしに……ついつい弱い心がくじけてしまったんだわ。ごめんなんてとんでもない。あやまるのは私のほうよ、スニ」

「姫さま……」

「魔道の王国パロの王女ともあろうものが、あんな下らない、こけおどかしの目玉の魔道なんかで動揺させられるなんて、くやしい話だけど、きっと少し動揺させられてたんだわね」

リンダはくやしそうに笑って、スニの心づくしのカラム水をぐっとのみほした。それから、スニに笑いかけた。

「さあ、もう大丈夫よ。お前のくれたカラム水のおかげでとても元気になったわ。私のおひざにいらっしゃい、スニ」

「アーイ」

スニはほっとしたように破顔した。

「よかった、姫さま元気になったよ」

「元気になりましたとも。本当に駄目なリンダね。これだけつらいことがつづいて、もっとずっとずっと辛い思いをしていてもずっとこらえて、希望をもって忍耐してきて……だのに、こんなたった一瞬でふいにくじけてしまう。——人間て、本当にあてにならぬものね。自分自身をさえ」

「姫さま……」

「何よりもつらいのは、とてもつまらない小さなことだということが、だんだんわかってきたような気がするわ。本当につらいとき、本当にたいへんなときには、案外ひとは頑張れるものなのね。それが、どうかしたはずみに、ちょっと心の緊張がゆるむと、つまらない小さなできごとが、昔を——幸せだった昔を思い出させて、それに……心くじけてしまう……」

「姫さま……」

「でも大丈夫よ。私はこんなことでくじけてはいられないの。私がくじけたりしたら、もっともっとつらい苦難のまっただなかにいるあのひとはどうなるというの。私がつかまったりしなければ——迂闊にも敵の手におちてしまったりしなければ、あのひとは私を人質にとられて追い詰められることもなかったし——それになによりも、私はとても気になってたまらないの。心配でたまらない——私がいなくて、あのひとがどうしているかということが……それは、あのひとはつよく、心高い、志たかい人だけれど、何をいうにもあのからだだわ……そして、ヴァレリウスも……たぶん、頼みの綱のヴァレリウスも、つかまってしまったわ……よほどのことがなければ、いかに魔道師の彼といえど、この聖王宮から無事脱出できたかどうかわからない。おお……」

リンダはぞっとしたように両手で自分のからだを抱きしめた。彼女を救出に、白亜の塔に忍び込んできたヴァレリウスが、彼女の目の前で簡単に叩きおとされ、気を失って倒れたようすがまざまざとよみがえってきたのだ。

「そう……ヴァレリウスはどうしているのだろう。どこかの牢につながれ、拷問でも受けているのだろうか。それをいうなら、私のために残ってこの聖王宮でともにとらわれてしまっただろうアドリアンはどうなったのかしら――誰の消息もわからない、知るすべもない。でも、アドリアンはともかく、私とヴァレリウスがいなくて……あのひとは……大丈夫かしら……私とヴァレリウスこそが、この内乱の、おおもとというか……そもそものはじまりを作ったといってもいい人間なのに。あのひとひとりで……いま、あのひとのそばには誰がいるのだろう。……ああ、ごめんなさい、スニ。――また、不安が私をおしつぶしそうになる……本当に辛いのは、何もわからないということね。そのあと、どのようなことがあったのかも、ものごとがどうなっているのかも」

「姫さま……」

「こうしてとらわれていればいるほど、敵の力が異様に強いことがわかってくる。それがわかればわかるほど、不安がつのる――あのひとが、あまりにかよわい……単身で巨大なガルムにでもたちむかおうとしている、カゲロウのような白い蝶々に見えてくる……どうしたらいいのかしら。なんとかして、ここを脱出する方法がないものか――でもそれはもう、とらわれて最初のしばらくに気が狂うほどこころみたものだし……なんとしてでも味方と連絡をとる方法はないんだろうか。ヴァレリウスがどうしているか、せめてそれだけでもわかれば……」

「姫さま」

スニは真剣な顔でリンダをのぞきこんだ。

「スニ、小さいし、身がかるい。スニがなんとかして……格子のあいだからぬけて、逃げてみようか。ヴァレリウスさまをみつけて、姫さまのおことば、伝えたらいい？」

「おお、駄目よ、スニ！　とんでもないわ！」

リンダはぎょっとして、スニのちいさな毛深いからだをぎゅっときつく抱きしめた。

「その気持はほんとに嬉しいけれど、いったい相手がどのような怪物かわかっていて？　お前のようないい子のセムがとてもひとりでかなうような相手ではないのよ。たぶん私がこうしてこの部屋のなかでいったり、したり、もしかしたら考えていることさえ、あいつには何もかもお見通しかもしれないんだわ。そうだとしたらこうしていろいろな私の思いを口にだすことさえ、危険なのかもしれない。でも……そうよ、このままこうして、手をこまねいてとらわれの身に——なさけなく人質になっているわけにはゆかないわ。なんとか、なんとかしなくては。なんとか脱出するなり、策を講じなくては。私はこれでも聖王家の末裔——第一王位継承権者リンダ・アルディア・ジェイナなのだから。その誇りにかけて、パロを守り、救うために戦っている私の夫をなんとか助け、ともにたたかうために——私の身の安全のためにじゃない。パロのために、ナリスのために、私はこんなところでくちはてるわけにはゆかないんだわ」

「姫さま……」

「私は、あまり、考えるのは得手じゃあないけれど……」

リンダは、スニをおろして立上がり、窓のところにかけよった。

カーテンをひらいてそっと夜空を見上げる。ぶきみな眼球の月はまだいなくなっていなかった。

中空に、あざけるように、リンダの考えなどすべてお見通しだぞ――とでもいいたげに、じっといまにもまばたきでもしそうにかかっているぶきみなその怪異を、リンダはもう何のおそれげもなくきびしい目でにらみつけた。

「怪物!」

リンダの朱唇から、激しいことばがもれた。

「いまに、見てるがいい。必ず――どんなことをしたって、お前を出し抜いてやるわ。私がこのまま屈していると思ったら大間違いよ。――これまでだって、黙って屈してきたと思うのならそれは大間違いというものよ。私はずっと脱出の方法を探し続けてきたし、一瞬だって、勇気も希望も失ったことなんかないわ。これでも私はこれまで、何回となくもっとすごい窮地をだって切り抜けてきたんだわ。あのノスフェラスの砂漠で、アムネリス軍にとらわれ、砂のなかを縛られてひきまわされたときだって――あの海賊船の上であわやというときだって……目のまえでお父様とお母様が殺されたあのおそろしい晩だって……つねに、私は希望と勇気を失うことなんかなかったわ……」

リンダは激しく、カーテンをしめきった。

「そうよ、スニ。これまでだってなんとかして脱出の方法を講じようとはしてきたけれど……どうするすべもなかったわ。でももう、こんなことしていられない。もしも……そうだわ、もしも私が人質として、多少のねうちがあるのだったら、それは私のいのちによね。そうだわ……そうよ」

「ひ、姫さま……？」

「私は思ったんだわ」

リンダは激しくスニをのぞきこんだ。

「いま、私に武器にできるものが何かといったら、ただもうこのいのち——相手が人質にしようと、道具にしようとしているこのいのちだけじゃない？　だったら、私は、それを武器として戦うほかないんだわ。逆に、私がそれで殺されてしまえば、私を人質にしてナリスを屈伏させようとする敵のこころみも失敗したことになる。——そうよ。いまの私にもうたとえ何ひとつないとしたって、いのちをかけて、敵とたたかうことくらいはできるはず……そうだわ……」

「姫さま、どしたの？」

スニは、何か深々と考えに沈んでしまったリンダを、仰天して見つめた。

そして、しきりとその考えをさぐろうとするかのように、リンダのまわりをぐるぐるまわりながらのぞきこむ。

「姫さま——姫さまァ」

リンダは、いくぶん蒼ざめたひきしまった顔で、スニに安心させるようにほほえみかけた。

「大丈夫よ、スニ」

「私は、気がふれても、頭がおかしくなっても――やけになってもいないから。ただ、私、ようやく、真剣に――この上できないくらい真剣に考えつめはじめているの。どうやったら、このまま、この無力な私がこの塔にとらわれたままで、ナリスのために戦えるかって。――そうよ、きっと、まだこれまでの私は、あれほど追い詰められていると自分では感じながら、まだまだちっとも本当に土壇場まで追い詰められたとも感じていなければ、おのれのいのちをかけてもいなかったんだわ。でももう、あの怪異もたぶんナリスに何かかかわりのあるものなのだろうし――それにあのロウソクの夢――この胸騒ぎ――もう、限界だわ。私はこんなところにいられない。私はどうしても、どんなことがあっても、ここから脱出しなくてはならないの！」

「出来るかな？　娘」

いらえは、唐突で、しかもおそろしくいんいんとひびきわたるようだった。

リンダは全身を硬直させた。悲鳴をあげてとびあがるスニを激しく抱きよせる。そして、彼女はとっさに壁を背にとるようにして、身構えた。

4

「誰！」

するどい叱咤の声をあげながら、リンダは、何か武器になるものはないかとあたりを見回した。むろん、このようなところでそうやって出現し、声をかけてくるのが何ものであるのかは、いやというほどわかっていたのだ。

「相変わらず気の強いことだ」

かすかにせせら笑いながら、もやもやと黒いかたまりが室のなかに出現した。それは、こともあろうにあの夜空に浮かんでいた巨大な眼球のすがたをしており、それから、やおら、リンダがすでに何回か見たぶきみなすがた——レムスのすがたをしておりながら、レムスでない、顔から上が黒いもやにつつまれたような怪物、ヤンダル・ゾッグの姿となった。

「あらわれたな、化け物」

リンダは激しく罵った。そうしながら、怯えたスニをしっかりと抱きしめていた。あたかも、それだけがいまのリンダを支えているとでもいうかのように。

「何のつもりであんなばかげた眼球の怪異をクリスタルにあらわしたりするの。ばかばかしい。あんな子供だましで、この魔道の都クリスタルの住人たちが、心を動かされるとでも思うの」

「現に、お前とても動かされているように見えるぞ」

竜王はあざけった。もやもやとなった頭部に、巨大な眼球がひとつだけ、くっきりと浮び上がっているようにみえる。それは、あきらかに、クリスタルの空に浮かんでいたあの眼球と同じもののようであった。

リンダは思わず窓のほうに目を走らせた。すると、その気持を察したように、カーテンがするすると勝手に開いた。クリスタルの夜空に、あのぶきみな眼球の月は、きれいに消え失せていた。

「逆に魔道の都なればこそ、いっそうこうした怪異に対する反応は敏感であるように思えるな。それはなかなか楽しいことだ。――われも、そろそろこの魔道の都をわれの思いどおりに作り替える作業に取り掛からねばならぬ。――それはたぶん、シーアンを作り上げる困難をきわめた作業よりも、ずっと簡単なことだろう。なにせ、この国には長年つちかわれた魔道の土壌がある。……われが、あらたな拠点として、このパロを選んだのはまさに的確な判断であったということだ」

「私には魔道のことなんかよくはわからないけれど」

リンダは、目のまえにその怪物が存在するだけで伝わってくる、わけもない圧倒的な威圧感と嫌悪感を懸命にありったけの力ではねかえそうとしながら怒鳴った。

「お前のそのおぞましい邪道の魔道と、パロの誇る白魔道がまったく別のものだということくらいはよくわかっているわ。そして必ず正義は悪の魔道を駆逐するんだわ。早く私を釈放しなさい。そして、正道にたちかえるのよ。邪悪な魔物！」

「これだけ、気の強いめんどりは珍しい」

　竜王はあざ笑いながら評した。

「そなたがもし、ケイロニアの皇女であったのなら、〈闇の司祭〉はもっとそなたをさらい、幽閉するのにてこずったであろうと同時に、もっと楽しい思いもしただろうな。じっさい、あのケイロニア皇女は、われが面白半分に眺めていても、あまりにもあっけなくくずおれ、崩壊してしもうたからな。あれが大ケイロニアの世継の姫かと思うくらい簡単にな」

「ケイロニアのことなど知らないけれど、三千年の魔道王国パロがそんなに簡単に邪悪な侵略者に屈すると思うのなら、それはおおいなる見当違いというものだわ」

　リンダは激しく云った。

「早く、パロをわがものになどというおろかしいばかげた野望を捨てなさい。そして、私にレムスをかえして。その、そうやって半分レムスに見えるすがたをしたお前を見ていると、いますぐにでも殺してやりたいほどむかつくわ。なんという冒瀆だろう。——なんというおぞましいしうちだろう。いまでもレムス、お前には多少は姉の声がきこえるの？　お前の本当の魂は、そのからだのなかに——呪われた侵略者の器となってしまったからだのなかに深くとじこめられて助けを求めているの？　もしそうなら、ちょっとでもその証拠をおみせなさい。そうしたらどのようなことをしてでもこの姉が助けてあげるわ！　たとえこの身をひきさいてでも！」

「いやだなあ、姉さん」

ふいに、相手の声の調子がかわった。

そして、もやもやとしていた頭の部分がふいにはっきりとしたかと思うと、そこにあらわれてきたのは、見慣れたレムスの顔かたちだった。ひどくやつれ、蒼ざめて、それにどことなくおそろしく非人間的な何かをただよわせているが、その頭にいただいた王冠も、銀白色の髪の毛も、何もかわったところはない。リンダは激しく身をふるわせた。

「やめて」

彼女は激しく顔をおおった。

「見たくない。そのようなしうちだけはやめて。こんなことをするなら、いっそレムスを殺してくれたほうがよかったわ。お前はなんという前代未聞の運命に落ち込んでしまったの、弟よ……なんという恐しい運命に！」

「それは、姉さんの誤解ですよ」

どこか、うつろな、まるで云えと命じられたことばをそのままくりかえしているような、感情というものの感じられぬ声だった。

「僕は、何も、おそるべき運命などにひきこまれてもいなければ——何ひとつ、救出されなくてはならぬようなことには遭遇していない。それは確かに——いまはもう、姉さんには何

をいっても平気ですね。こうしてあなたは僕の王宮のなかにいるんだから……そう、それは確かに、最初にノスフェラスで、カル＝モルにとりつかれたときには、ときたま自分が自分でなくなるような不安を覚えたし、ひどい頭痛がしたり——気がつくとまったく記憶が空白になっていたり……そのあと、パロ王に即位してからもいろいろなことがありましたからね……そのあとも、気がついてみると、どうして自分がそんなことをしてしまったのだろうというような恐しい出来事がおこっていたり、自分の口から思ってもいないようなことばが飛出したりという、いろいろなことがあって驚いたり、不安になったり、怯えたりもしましたけれどもね……でも、誰も僕を助けてはくれなかった。——あなたの良人にいたっては、その僕をこの上もなく非難し、批判し、なんとかして僕の評判をおとそうとせっせとあらゆる術策をめぐらしてくれたものですからね。あれほど苦しんで、助けを求めていた僕にたいして。正式の後見、摂政という地位にありながら、ですよ。しかも僕の姉の良人、第二王位継承権者、すべてにわたって僕を補佐し、助けてくれなくてはいけないという立場にありながら。——が、もうそんなことは気にしてはいませんよ」

「レ——レムス……」

「もう、苦闘は終わったんです。僕のすべての苦しみは終わった」

《レムス》は、その青白い痩せた顔に、かすかな微笑みをうかべて姉であったものの顔を見つめた。リンダは思わずぞっと身震いした——霊感のつよい彼女には、まざまざと、何か信じがたいほど凶々しい瘴気がかつて弟であった相手のまわりから、めらめらとたちのぼるのが感じ取れたのだ。

「そう、僕の苦しみは終わった」

《レムス》はくりかえした。そしてにっと笑った。

「すべての苦しみは終わり、僕はもうすっかり楽になった。これほどこれまでの人生で楽になったことはないくらい、楽ですよ——それに、自分の能力をとてもここちよく感じている。いまの僕くらい強力な王は、歴代のパロ聖王にひとりもいないんじゃないのかな。そう思うのはなんてここちよいのだろう。もう誰も、僕のことを、若僧だの、駄目な王だの、何もできないだのとそしることはできませんよ。僕が勝った。僕が勝ったんだ」

「レ——レムス……お、お前……」

「今日は、姉さんにちょっと、いろいろと見せてあげたいものがあってきたんです」

彼はうつろな声でいった。

「あなたはすっかり僕のことを誤解している。それに、《彼》のことをもね。——僕もいろいろと忙しいので、あなたのことはついつい放ってあとまわしにしてあったが、きょうというきょうこそはいろいろと話をしなくてはならないし、それに、あなたの協力をこわなくてはならない。あなたに、いろいろなことを知ってもらわなくてはならないし——あなたも、まもなく未亡人におなりになることだし」

「な……ッ……」

リンダは悲鳴のような声をあげた。が、その声は途中でひっかかってとぎれた。

「な……んですってッ……」

リンダはおのれののどを激しく両手でつかんだ。声が人間のものではないかのようにかすれた。

「な……何を……」

「おや、もっと本能的な人かと思ったけど、そのくらいの修辞法はわかるんですね？　そう、あなたも……クリスタル大公妃から変じて、パロ聖王を僭称する反逆者の妻となり……そしてたぶん、夜のあけない前に、あなたは——クリスタル大公未亡人におなりになる。そのことはしかし、あなたはその目で見ないかぎり信じないだろう。そう思ったから、僕はこうして、あなたに会いにきてあげたんですよ。あなたにいろいろなものごとを見せてさしあげるために」

「ヒッ……」

リンダはあえいだ。そして、心ならずも、立っていられなくなって、ソファの上にくずれこんでしまった。スニが、恐怖に目を見開きながら、必死にリンダにとりすがり、リンダを正気づけようとこころみるのも気づかなかった。

「何をしたの」

リンダはかすれた声をふりしぼった。

「あのひとに、何をしたの。どうしようというの」

「何もしてはいませんよ。まだ、ね」

《レムス》は嘲笑った。

「いまはもはや、ただの反逆者、王位僭称者になりさがったとはいえ、クリスタル大公にしてアルシス王家の嫡男ともある、アルド・ナリスほどのおかただ。それほど簡単に、楽に死なせてあげるわけにはゆかない。だがもはや彼の命運はつきた。まもなくこの反乱は鎮圧され、ほどもなくいくさはすべて終わる。――それからは、もう、パロはただ、歴史の予言によって予定された暗黒王朝への道を――繁栄と恐怖とそして魔道とにいろどられた新しい王朝への道をひた進んでゆくだけです。それはもう、誰にもとどめられぬ。それはヤーンによって予言されているのだから」

「な……んですって……」

リンダは、激しい呼吸困難を感じてあえぎながら、ただ力なくくりかえした。

「なんですって……」

「そんなに、気になりますか、あの男の寿命が。――それに、あの男の寿命など、もうつきたも同然じゃあないですか。どのみち、生きていたところで、自分で顔を洗うことさえできない、寝たきりの病人ですよ。ああしてずっと寝たままでいれば、あれだけのみごとな知性だってだんだんおとろえてゆき、むしばまれてもゆくだろうし、だから、ああしてまったく埒もない妄想にかられて反逆の兵をおこす、などという馬鹿なこともしでかした。それは可愛想だとは思いますがね。しかし、だったらいっそのこと、まだああして多少なりとも輝きにつつまれ、人々も崇拝し、そして当人もまだかつての美しさをすべては失ってないうちに、さいごの栄光に包まれてこの世を去ったほうがいいのではありませんか？　そのほうが、彼にとっても幸せなのではありませんかね？」

「お前のいうことになど、騙されるものか」

ようやく、リンダは、《レムス》のことばが与えた衝撃から、多少なりとも言語中枢も思考能力も回復してきた。彼女は、ソファの上に身をおこし、スニをまるで救命ブイででもあるかのように無意識にすがりつきながら怒鳴った。

「お前はレムスじゃないわ、お前が喋ってるんじゃないわ、お前のうしろであのおぞましいやつが喋っているだけのことよ。そんな手にもう二度と乗せられて心ゆらいだりするものか。もう二度は同じ手はきかないと知るがいいわ。愚かな！——お前のいうことなんかききかないわ。お前になど、だまされやしないわ」

「きょうは、我々にとっては特に記念すべき夜なのですよ」

《レムス》は、リンダの絶叫など、きこえもせぬかのように淡々と続けた。

「この魔道王国パロが生まれかわる、最初の一夜になりそうですからね。——ついにこの夜がやってきた。夜のあける前に、すべては変わるだろう——そう思うと、いかな僕といえども興奮する。そして、少しでも、多くの人にそのよろこびとたかぶりをわかちあっていただきたいという気持になる。だから、こうしてやってきたのです。何といっても貴女はこのパロの第一王位継承権者なのだから。貴女さえ、うんといってくれれば、この魔道の王国があらたな存在として——そう、パロスの闇王国として生まれかわるそのいしずえとなることもできるし、僕と力をあわせてその闇王国の闇王朝の基礎を築いてゆくこともできる。青く貴い貴女と僕の血をいっそう濃くなるよう混ぜ合わせてね。僕のいうことがわかりますか？」

　リンダは、汚らわしそうに両手で耳をふさいだ。

　だが、その脳にそのまま語りかけてでもいるかのように、その声はきこえてきた。

「ご心配なく――それは、そういう方法もある、そういうことも考えられる、といってみただけのことですよ。いますぐ貴女をどうこうなどといっているのじゃない――第一、そんなことは、この嬉しい夜に考えられないじゃないですか。この夜は何よりも嬉しい夜なのですからね。僕にとっては……」

「……」

　思わず、リンダは、顔をあげて、いぶかしげに、相手を見つめた。それほどに、その声には、特別なひびきが感じられたのだ。

「……？」

「そう、今宵は、とても特別な夜なのです」

《レムス》はくりかえした。そして、のろのろと、細い筋ばった手を長いガウンの袖口からさしのべた。

「だから、ついていらっしゃい、姉さん。貴女にどうしてもおみせしたいものがたくさんある。貴女だって、この自分の育ってきた懐かしい聖王宮、貴女にとってふるさとである聖王宮がいったいいまどのようになっているのか、知りたいでしょう。それに、見せてさしあげたいものも、見ていただかなくてはならないものもありますのでね。むろん彼の魔道をもってしたら、ここにいるままで貴女にすべてをお目にかけることはたやすいわけなのですが、それではつまらない。それに貴女だってたまには少し運動もしたいでしょう。——さ、いいから、ついていらっしゃい。そのちっぽけなセムがついてきたいというのなら、それも一緒でもかまいませんからね。姉さんが怖いというのならね」

「リ——リ……リンダさま」

スニは怯えながら、リンダにとりすがった。リンダはくちびるを激しくかみしめた。

「お前のいっていることは何かとてもあやしく、うろんにきこえるわ」

リンダはきびしく云った。

「それに、たぶんそうやってお前がまたろくでもないことをたくらんでいるんだろうということも、私にはとっくによくわかっているわ。だけど、私は——恐れているからじゃない。お前のたくらみをうちやぶるために、お前のその申し出に乗ってやるわ。いいですとも。私に何を見せようと云うの。ついていってやろうじゃないの」

「姫——姫さま」

「大丈夫よ、スニ。心配しないで」

リンダはぎゅっとスニの手を握りしめた。

「怖かったらここに残っていなさい。大丈夫よ。私の身に何か恐しいことがおこるってことはありえないわ。だってこやつらは、私を人質として、あのひとへの道具に使いたいのだもの。そのためには、私を殺すことはたぶんできやしないわ」

（それに……それに、ここにこうしてとじこめられているかぎり、私にはどうすることもできない）

リンダは、どうせその考えも読み取られているのだろう――とは思いつつ、ひそかに考えていた。

（でも、いまはどうすることもできなくても――少しでも、宮殿のなかの情勢でもようすでも……こいつのことをでも、知っておければ……そのうち万一何かあったときになんでも役にたつかもしれない……そうよ。いまは……我慢して、どんなことでも……リンダ！）

「さすが、姉うえ」

あざわらうように《レムス》がいった。リンダはぞっと身をふるわせた。さいぜんから、何よりも一番我慢がならないのは、この――明らかにヤンダル・ゾッグにその肉体を自由に使われているかつて最愛の弟であった存在が、彼女のことを、馴れ馴れしいなかにひそやかな嘲弄をたっぷりとこめて「姉さん」と呼ぶことであったが、ましてやそれが露骨なこんな嘲笑をはらんでいるとあっては、勘弁ならなかった。だが、リンダは、ぐっとそれもかみころした。

「こんな格好で外に出たくはないわ」

リンダはきびしくいった。

「私だって、宮廷一の貴婦人と呼ばれた女なのだから。着替えるあいだ待っているのは異存はないでしょうね」

「ありませんとも」

ばかにしたように《レムス》が答える。

「でも、お急ぎになったほうがいい。どのドレスにしようかと、選んでいるあいだに夜があけてしまったとしたら、貴女はもう、僕の見せようとしたものを見るときにはすでに……決定的な事態が終わっている、ということになりかねませんからね。それを想定するなら、最初から黒いドレスと顔をかくすヴェールをえらんでつけておかれるというのもひとつの手だが」

この、相当にろこつないやがらせを、リンダは無視した。

「いらっしゃい、スニ。そして私の着替を手伝って」

「ア……アイー……」

スニはおどおどしながらくっついてくる。リンダは寝室へ戻ると、そこに明日のために用意されていた青いドレスを何も考えるいとまもなくつけた。それから、あたりを見回して、どうしてそうしたのか、よくわからぬままに非常な切迫した衝動にかられるままに、ベッドのかたわらにいけてあった花を一輪ぬきとり、髪の毛にさした。それは偶然、侍女が持ってきていけた真紅のルノリアであった。ふだんであったら、青いドレスに真紅のルノリアを髪にかざろう、などとは、お洒落な彼女は決して考えなかったに違いない。だがリンダは何も考えるいとまもなくそうすると、そのままスニをつれて居間に戻っていった。

《レムス》はそこに、何ひとつ時間などたっていないかのように立っていた。その細長いからだがゆらゆらと揺れている。何もしないでいると、まっすぐにただ立っているのに耐えられないとでもいうかのようだ。それは妙に、巨大なからくり人形めいた印象をあたえた。

「スニ」

リンダはささやいた。

「お前は、怖かったらここに残っておいで。いったい何のたくらみなんだか、私はどうしても見届けてやるけれど、お前は何もくることはないのよ」

「怖いけど」

スニはリンダにしがみついた。

「怖いけどスニ姫さまと一緒にいく。姫さまが帰ってくるまで、スニ、ひとりで待っていたら気が狂ってしまうよ」

「……そうね」

リンダはまたくちびるをかんだ。

「では、一緒においで。私が守ってやれるかぎりはお前を守ってあげるからね。さあ、どうしたというの。私はきたわよ」

立ったまま、人形つかいがそこにつるしてしばし離れているあいだのあやつり人形のようにゆらゆらと揺れていた《レムス》は、はっとしたようにこちらを見た。その顔に生気めいたものがゆらめいた。

「たいへん、お美しい」

彼はうつろな声でいった。

「美しい姉をもって、僕はいつも誇りに思っていましたよ。——さあ、では、参りましょうか」

「どこへゆくの」

無駄かとは思いつつ、リンダはきいた。だが、思いもよらぬ明確な返事がかえってきた。

「まずは、王妃宮へおいでいただきたいのです。そして見てほしいものがあります。だが、そこにゆくまでに一気に飛んでゆくのもつまらないですね……姉さんも、いまの聖王宮のようすをちょっとごらんになりたいでしょうし。これはもう、僕の作り上げた秩序の傑作ともいうべきものですしね。——では、冒険旅行に出かけるといたしましょうか。少なくともこの白亜の塔だけは面倒なので飛んで出なくてはなりませんけれどもね。それから、これをかけていていただけませんか」

《レムス》がおのれのかけていた黒いフードつきのマントをぬいでさしだしたので、リンダはたじろいだ。事情も事情である——ましてやいまの彼の、いまのいままで身につけていたものなど、間違っても身につけたくはなかった。

「これをかけていないと面倒なことになりますからね。大丈夫ですよ。そのマントはただのマントです。何の魔道もたくらみも仕掛けもありゃしませんよ」

冷やかに《レムス》が、リンダの逡巡をあざけるかのようにいった。リンダはしばらくためらい、それから、激しくくちびるをかんで、そのマントをうけとった。だが、それをつける勇気はなかった。

「衣裳室から自分のマントを持ってくるわ」

リンダは申し出た。

「私のすがたが見えるのがいけないのなら、それではまずいの？」

「わからない人だな」

《レムス》はかすかに苦笑したようだった。

と思うと、空中に突然、もう一枚のマントがあらわれた。

「僕が着ていたのが気にいらないというのなら、これなら新しいものだからお気に召すでしょう」

ツヤのない声で《レムス》はいった。

「さあ、これを着て。もう、時間がなくなってしまいますよ。いいんですか、おそるべき、悲劇のさいごの幕切れに立合えなくても。それを見逃したら貴女は一生、後悔するんじゃあないんですか？」

「………」

リンダは、このおそるべきほのめかしにも、じっと耐えた。そして、ひったくるようにして、その差し出された新しいマントを身にまとった。

「そう、それでいい」

満足げに《レムス》はつぶやいた。それから、骸骨のように痩せた手をさしのべた。

「では、参りましょう。夜があけるまえに、たくさん、見ていただかなくてはならないものがある」

第三話　呪われた夜

1

ぶきみな、眼球の月がようやくふっとかき消えたあとも——

クリスタルの夜空は、なんとなく、いつもとは違ってみえた。

どこかに、恐怖と戦慄をはらんで、不安な悪夢にうなされているかのような一夜——長い、長い一夜がクリスタルをおおいつくしている。いや、それは、パロすべてを、であったのかもしれない。

戦いを続けているひとびとは、ひたすらもう時のすぎることさえも忘れ、いつはてるともしれぬ戦いに叫びつづけ、血を流し続けていた。そのおののきと血がようやく止るのは、うたれてたおれる死者の時だけであったかもしれぬ。

その、ぶきみな戦慄の底流をひそめたこの特別な夜のおののきの底——

一瞬のめまいのような、からだがぐずぐずと崩壊してゆくような妖しい感覚のあと、はっと気がつくと、リンダは、おのれがずっと幽閉されていた白亜の塔の外に立っていることを知った。

聖王宮のどのあたりか、一瞬わからなかったが、あたりを見回してみると、建物のようすからして、どうやらすぐうしろにそびえてみえるのはヤヌスの塔のようであった。足元にぼんやりとしたスニが抱きつき人形のようにしがみついている。まだ、自分がどうなったのか、よくわかっていないようだ。

(ああ……)

たとえ、敵の首魁の魔道によってであっても、塔の外に出たのは久しぶりのことだった。長いあいだ、窓の外からの眺めさえも、まったくかわることを許されなかったのだ。リンダはそれだけはかわることのない、たくさんの庭園の花々がもたらす聖王宮特有の甘いきよらかな空気を胸いっぱいに吸込み、くらくらするような感覚を味わった。

(自由……)

忘れていた自由の感覚に、ふっとめまいがするような心持を楽しむいとまもなく、目のまえに、黒いすがたがふわりとあらわれた。

「どうですか、久々の外は」

《レムス》が妖しくささやく。そのマントのフードがふかぶかとひきおろされ、そのあいだからあやしく青白く光る目だけがのぞいていて、まるで彼はただのあやしい魔道師にすぎないかのようにみえた。そうやって歩いていたら、誰も、それがへんくつなパロの現在の国王であると思うものも、ましてやもっとおそるべき敵、侵略者の首魁であると思うものもなく、パロ宮廷では珍しくもない、ごくありふれたただの魔道師の一人にすぎないと思うであろう。

そして、リンダのマントのフードもいつのまにかしっかりとあげられていた。

「その小ザルをマントの下にいれてやって下さい。でないと、そやつは目立つから、消してしまわなくてはならなくなる」

おどすようにいわれて、リンダはあわててスニの上にマントをひろげた。びっくりしたスニが必死にしがみついてくるのを、マントのなかで、ぎゅっと手を握ってやる。スニの小さな手を握っていると、そこからあたたかな感触とともに勇気と正気とがこみあげてくるように思われるのだ。

「さあ、行きますよ……ちょっと歩きますが、それほど遠いわけでもないからいいでしょう。それに、しばらくずっとあの塔のなかで運動不足でしょうしね。パロの誇る美しき真珠が、運動不足でユラニアの不幸なルビニア公女のように太ってしまっては困る」

「………」

リンダは答える手間をはぶいた。

《レムス》は先にたって、ゆらゆらと黒い不吉な影法師のように歩き出していた。正確にいうと、歩いている、というのではないかもしれない。ほんのちょっと、体が宙に浮いていて、足が地についていないままからだが平行に移動しているようにみえる、あの魔道師特有の移動のしかた——もしもリンダにそういう魔道の心得があったら、それが魔道師に特有の《魔道歩行術》であり、もっとも簡単な魔道の第一歩であるのだと知ったかもしれない。

だが《レムス》は、それほど高くからだを浮かせようとはせず、長い黒いマントのすそが地面にふれるていどにからだを浮び上がらせただけで、ゆるゆるとリンダたちの前を、いかにも道案内をするように漂っていた。リンダは、そのあとを追いながらゆだんなく周囲に目を配った。

もしも可能なら、こんなチャンスは二度と訪れないかもしれないのだ……こうして折角、外に出られたあいだに、なんとかして脱出の方法を講じて、スキをみて――という気持は、最初から強くある。また白亜の塔に連れ戻されてしまったら、もう、二度とふたたびこんな絶好の機会は訪れないという可能性のほうが強い。でなくとも、ようやく首尾よく脱出する前にすべてが手遅れになってしまう、という公算のほうがはるかに強いのだ。

（そんなことはできない――リンダ、いいこと、頑張るのよ。ぬけめなく、何もかもを見届けて……もし万一、結局運がなくて脱出できなかったとしたって、なにかと情報を集めておくことは絶対ののちのち無駄にはならないわ。――そうよ、お前は武将の妻、あの勇敢なクリスタル大公アルド・ナリスの妻なのよ！）

その、リンダの胸にひそかにたぎりたつ思いを知ってか知らずか――

《レムス》はゆらゆらと黒い背中を見せて漂ってゆく。

あたりは、本来ならば聖王宮のなかでももっとも中心部というべき、ヤヌスの塔の北側であった。その南には聖王宮の本殿と、そして公式行事に使われる水晶宮がヤヌスの塔をかかえこむようにしてひろがり、七つのおもだった塔のなかでももっとも巨大なヤヌスの塔の両側には、やや細めのルアーの塔、優美なサリアの塔が主神ヤヌスを守る左右の守り神であるかのようにちょっと低く屹立している。そしてその三つの塔に見守られるヤヌス広場をわたると女たちのすまいである後宮が横に大きくひろがり、そのうしろに巨大なロザリア庭園がある。

サリアの塔をまくようにして東にゆけば、女王門を通って王妃宮だ。そのむこうにはがっしりとぶこつなネルヴァ塔とネルヴァ城がそびえて、アルカンドロス大広場や聖王の道、そしてクリスタル市中へと通じてゆく。

いっぽう北のロザリア庭園のむこうは、ランズベール城と、リンダにとっては懐かしくもあれば胸のいたむ悲劇的な追憶をもともなっているランズベール塔がそびえているはずであった。

だが、リンダの目は、それほど高い木もないはずのロザリア庭園と、むしろ故意に低い建物にしつらえられている後宮のむこうに、見慣れたランズベール城の横長のすがたをも、またそのちょうどまんなかにそそりたつランズベール塔——クリスタル・パレスのひとつのシンボルともいうべきランズベール塔のすがたを見出すことはできなかった。それは、彼女の目のせいではなかった。

「ランズベール塔が……！」

すべてが見出せなかったのではない。暗い夜のなかにもはっきりと、ランズベール塔であるらしいもの——というより、かつてランズベール塔であったはずのものは、見てとれた。

だが、それは、むざんにも、やけこげて半分にへし折られた廃墟にしかすぎなかった。

リンダは息をのんだ。――彼女には、ナリスがカリナエを脱出してランズベール城にたてこもるべく、そちらへむかった、とまではデビ・アニミアの口からきいていたが、その先のことはまったく知らされていない。また、彼女のとじこめられた状況からは、おそらく結界もはりめぐらされていたのだろう。ランズベール城の攻防をめぐる激しいいくさの物音なども、そんなに遠くないはずなのに一切きこえてはこなかったのだ。

「そうか、姉上は何もご存じなかったのでしたね」

せせら笑うように《レムス》がいった。

「ええ、ランズベール城は炎上し、ランズベール塔はあのとおり、廃墟と化したのですよ。いずれ、近いうちにこの内乱が無事平定されたら、最初にまずあのランズベール塔を修復し、またもとのみごとな牢獄を作り上げなくてはならない。あれこそパロの暗い文化の象徴でしたからね。――いや、あれよりももっと、もっと暗黒で、そして血なまぐさい伝説を作り上げなくてはならないな。いっそのこと、パロで一番地下が深い塔にしてしまったらどうだろう。――ともあれ、ランズベール城は炎上し、ランズベール塔はついえ、そしてランズベール侯一族は戦死しました。ほぼ全滅といっていい状態でね。でもそれは貴女にとってはまんざら悲惨な話だというばかりでもないでしょう。いい話もなくはないはずだ。貴女はいつも、貴女の大切な名のみの良人を恋している、といって、ランズベール侯のあのふとっちょの姫ぎみを嫌っていましたからね。そうでしょう、リンダ」

「……」

リンダは、答えなかった。なんと答えていいのかわからなかったのだ。どこまでがこのような悪魔的な存在から語られてもなお真実であるのか、信用していいのかもわからなかったし、それに、おのれの心の神聖なやわらかな部分をそのようにして敵にさらけだすつもりなどなかった。だが、気になることはおさえきれなかった。

「で、では……リュイスどのも――シリア姫も……」

「みんな、くたばりましたよ」

あやしく笑って、《レムス》がふりむいた。その目がフードのなかであやしくきらめいた。

「だが何も悲しむことはない。その血が一滴づつ、僕の新しいパロを作り上げるためのいしずえとなるのですから。――むしろかれらはその死をほまれに思ってもらわなくてはね。かれらの死によって、パロは生まれかわり、見違えるようになるでしょう」

「なんてこと……」

リンダは身をふるわせてつぶやいた。そして、両手を激しく握りしめようとしたが、スニが不安そうにすがりついていたので、その手をふりはなすこともできず、ただかたく拳を握りしめただけだった。

「さあ、本来なら、このままヤヌス広場をつっきって、女王門から王妃宮に入ればどうということはないのだが、そのまえにいっぺん、聖王宮にご招待しましょう。何があるというわけでもありませんが、いまの聖王宮はなかなかの見ものですよ。……さ、どうぞ。こちらから」

ふわりと、ちょっと高めに舞上がって、《レムス》はさしまねくようにした。リンダはくちびるをかみしめて、用心しながらついていった。

ヤヌスの塔から、小さな渡殿がもうけられ、それが聖王宮の北の通用門につながっている。《レムス》はリンダたちを、その通用門に連れていった。べつだん通行の手形も、またその正体を見せて門番に扉をあけさせる必要もなく、まるで自動で開く扉でもあるかのように、《レムス》が通用門の前にたつと、そのたけの高い扉は左右に重々しく開いてかれらを通した。その両脇に門番は槍をかかげて立っていたのだが、まるで、《レムス》のすがたも見えず、リンダとスニのこともまたまったく目にうつってはいないかのようだった。

「そう、透明人間になったような気がするでしょう」

くすくすとちょっと病的な笑いをもらしながら《レムス》が云った。

「でもそれは錯覚でもなんともない、じっさいそのとおりなんですよ！　貴女はいま、誰の目からも見えないんです。僕が、見えさせてやろうと思ったとき以外はね！——どうです、こんなのもなかなかに胸おどるシチュエーションだとは思いませんか？」

「……………」

「無愛想なかただ」

嘲笑うように《レムス》がいった。そして大きくひらいた通用門から、聖王宮のなかに入るように、リンダたちをいざなった。

リンダはためらいがちにそこに足を踏み入れた――それは、彼女にとっては、そこで生まれ、育ち、すべての懐かしい思い出が、父母にかかわるものも、ほかのすべての思い出も詰っているふるさとにほかならなかったはずである。だが、いま、彼女のすべてのするどい感覚は、ありったけの嫌悪感と恐怖感をかきたてられて、そこに入ることをイヤがっていた。

（どうしたのかしら……何がどう変わったというわけでもないのに……）

リンダは、思わず身震いしてひくくおのれにつぶやいていた。

（なんだか……違うわ。本当なら……何があっても、この建物のなかには入りたくない。何かがはっきりと――入るな、入ってはいけない、と告げている……どうしてだろう。なんともいえない瘴気――ううん、瘴気、というのとも微妙に違う。それよりももっと、異質なもの、違うもの、違和感――そうだわ、違和感……）

それは、まさしく、リンダの霊感には、そうとしかいいようがなかった。

もともと素質としての霊能者ではあっても、そのための専門的な訓練をうけたわけではない彼女には魔道師とちがって、その違和感のよってきたるところを論理的に説明することはできない。だがその分、いっそう、感覚に訴えてくるものは強くはっきりとしていた。

彼女には、ただ単に、（この中に入ってはいけない――よくないものがある――不吉――拒否――）というように、目にみえないが分厚い壁でもその門の入口にもうけられて彼女をはねかえそうとしている、というような感じが感じ取れるだけなのだ。だが、《レムス》が手をふると、その目にみえぬ壁は、ひきしりぞいて彼女たちを通そうとするかまえをみせた。

そのこと自体が、なんともいえぬほど、不吉な、気味のわるい感じをリンダにあたえた。

「イヤ」

彼女は思わず、犬が嫌悪の表情であとじさりをするときのようにかわいらしい鼻にしわをよせてつぶやいた。

「私、この中に入るのはイヤ。イヤだわ」

「何してるんです?」

だが、《レムス》のほうは、リンダの逡巡も嫌悪も、感じていないわけはなかったが、いっこうに平然としていた。

「さあ、早く。急がないと夜が明けてしまう。夜があけてしまえば、すべてがおわりです、よ」

そのことばが、リンダをうちのめした。彼女はぐいと歯をくいしばり、叫び声をあげまいとつとめながら、あえてその、激しい嫌悪をそそる目にみえぬ壁のなかに足をふみいれた。

「姫さまッ」

スニがマントのかげから首をのぞかせて、ひしとリンダにしがみつく。

「なんだか、きもちわるい、よ」

「スニも感じるのね。私もよ」

リンダは全身を総毛立たせながらいった。そしてスニをはげまそうとその肩をしっかりと抱き寄せた。

彼女にとっては、その見えぬ壁の外からみているよりも、中に足をふみいれたほうがいっそう、嫌悪と恐怖とぶきみさはつのるばかりだった。そのなかは聖王宮の渡殿で、まったく彼女の見慣れたなつかしいそれとかわってもいなかったが、それでいて、まるきり似ても似つかないものに変貌をとげてしまっていた。何よりもリンダをむかつかせたのはそのことであったかもしれない。まったく見知らぬ異境にでも拉致されたのだったら、もともと勇敢な彼女のことだ。どれほどの異形でも違和感でも、あえて歯をくいしばって耐えてゆくことはできただろう。だが、自分にとってもっとも懐かしいもの、もっともいとしいもの、もっとも身近だと感じ、おのれの心のありどころだと信じていたふるさとが、このように汚され、冒瀆され、すがたかたちはまったく同じでありながらぶきみに変質させられてゆくのを見るのは、まったく我慢も忍耐もできるものではなかった。彼女のからだは、一歩一歩うす暗い廊下を歩いてゆくあいだにどんどん、ぶるぶると神経症的にふるえだし、ふるえがやまなくなったが、それをどうすることもできなかった。

実際それはなんという奇妙な変容であったことだろう！——堂々たる、天井の高い、聖王宮の威容は少しの変化もなかった。むしろきちんと掃除も手入れもゆきとどいているし、花なども廊下のすみずみに、巨大なアラバスターの壺や、とてつもない値打ちものの古代の壺にあふれるように生けられている。それも、ついけさがたにふんだんに咲き誇る花園からもっとも新鮮なところを切ってきたばかり、というように、あでやかなみずみずしい花々ばかりだ。

だが、リンダの能力は、この暗い建物のなかに入ってから異常なまでに冴えわたっているかのようだった。彼女の耳には、その切られた花々の悲鳴——（なんだか、ここは気持悪い）（ここにおいておかれるのはいや）（ここでないところにゆきたい）という、嫌悪と救いをもとめる悲鳴のようなものが、ひしひしと伝わってくるように感じられたのだ。

そして、見慣れた歴代の聖王たちの重々しい肖像画——美しい円柱のあいだにかけられ、びろうどのカーテンがかかっている、リンダにとってはなつかしい先祖たちのすがたにほかならぬ肖像画。廊下もきれいに、申し分なくはききよめられ、ところどころに燭台のあかりがまたたいている。

だが、その見かけには何の変化もないようにみえながら、その実、そこは、これ以上ないくらいに何もかも変貌をとげてしまっていた。リンダにはだんだん見分けられるようになってきたが、まず、壁のまわりに、びっしりとあの奇妙な見えない壁——透明なジェリーのようなものが、へばりついているのが、感じ取れた。そして、何よりもぞっとするのは、その壁に、どうもそれ自体の意志があり、生物であるようにさえ、感じられることだった。それは、じっとしておらず、目にみえぬままにうようよとうごめいていた。それゆえ、何も知らずにそのもともとの壁に手をのばしたものは、そのジェリーの壁にからめとられ——どうなるのだろう？　リンダはとてものことに、それをおのれで知りたいとは思わなかった。

黒いマントをつけた怪物は、歩く速度をぐっとゆるめ、満悦そうにまわりを見回しながら、査察でもするかのようにゆるゆると漂ってゆく。そのうしろを、スニの手をひいたリンダは、不安そうに歩いていった。はてしなくつづいているかのように思われる回廊は、その両側に歴代の聖王と聖王妃、そしてその眷族、王子や王女たち、時に聖人たちの肖像画をかけならべ、ゆらめくロウソクのあかりがそれにぶきみな影をおとす。その、リンダにとってはとても親しい先祖であったはずのひとびとまでが、肖像画のなかにとじこめられたまま、まったく異なるよこしまでおぞましい闇の生命となりはててしまったかのように、ぶきみなうつろな視線をリンダたちにむけ、そしてぎろりとその目が動くと、その肖像画どうしが、まるでひそかに笑いながら会話をかわしているかのように感じられるのだった。

（ハ、ハ！　あれを見たか、聖王ナルディウスどの？　あの小娘は、わしらの子孫であるらしいぞ！）

（ハ、ハ、ハ！　まったくだ、リガヌス二世——おぬしにも見えるか、あの怯えた目つきが。——あれでも、聖王家の血をひく王女といえるのか？　これしきの異変にこのように怯えて……）

（ハ、ハ、ハ、ハ、ハ！　それにしてもあれにくっついているあの妙な生物は何だ？　あれはどうやら、ノスフェラスのセム族のようだぞ！）

（そのようでございますね。——ずいぶんとちっぽけな小猿もあったもので……）

ゆらゆら、ゆらゆら——

ロウソクのあかりがゆらめくにつれて、ぶきみに肖像画たちの視線もリンダたちを追って動くように思われる。そして、そのあかりもとどかぬ暗がりには、なにかえたいのしれぬぶきみなものが——この世のものとはとても思われぬ、ぞっとするような奇妙なすがたかたちをした小さな生物がぬめぬめとうずくまり、おりあらばおそいかかってスニをくわえてゆこうとでもたくらむかのように、きろきろとその燃える目でこちらをうかがっている——というような気がしてならぬ。

(ディア・ジェイナス・タル・ナルドール・カーン……)

リンダは知らず知らず、ヤヌスの真言を必死にとなえていた。それを口にしていれば、ちょっとはその、ひたひたと足元に忍び寄ってくる恐怖と嫌悪と異質さの思いとがまぎれるような気がした。

どこまでも続いているかのように思われる聖王宮の廊下には、どういうわけか、人っ子ひとりいない。いつもなら、このあたりは、一番さかんに人の往来のあるべきところ、たとえうしみつどきのこの時間といえども、そろそろ明日の朝の用意のために、あるいは遅くなった饗宴のあとかたづけのために、あわただしく往来する下働きのものや、侍女たち、退出するもっと位のたかい貴族などの姿とてもあってしかるべきはずだ。だが、今宵、この宮がまるでカナンの死の宮と化して死に絶えたかのように、かなり長い廊下をゆくあいだ、人っ子ひとり見掛けない。

「淋しいですか?」

ククククク……と、かすかなおしひそめた耳ざわりな笑い声をたてて、《レムス》がいった。

「僕はこのほうが、ずっと合理的なように思うのですがね……従者たちなど、僕が用のあるときに呼ばれて出現すればそれでいいのだ。そうは思いませんか――大体、もともとこの宮殿は余分な人間が多すぎる……だから、いろいろな下らぬ問題がおきる。シーアンの新宮殿は美しいですよ……それはそれは美しい。何から何まで、すべて、そういう大勢のいらぬ人間がいるためにおこる面倒ごとがおこらぬよう、よくよく考えぬかれて、すべての人間たちがゾンビーとして統御されていますからね。反乱もおこらねば、命令の不履行もおこりようがない。また、そむかれることも、機嫌を損じられることも――完璧な理想郷ですね。すべての帝王の夢見る理想郷というべきだ」

「………」

リンダは黙って、無限の恐怖をこめて、自分の弟のすがたかたちをしたこの怪物を見やっただけだった。

が、ふいに、彼女はかすかな悲鳴をかみころしてとびのいた。いきなり、目のまえにわきあがるようにして、奇妙なものが出現したのだ。

「貴女が、やっぱり古臭い形式主義が抜けなくて、従者がいなくては……とおおせになるようだから」

《レムス》があざけるようにいった。

「それでは、このようなお供でも、用意いたしましょう。――それに、このさき、だんだんあかりが少なくなるから、燭台のご用意は必要かもしれない」

リンダは、悲鳴をあげてしがみついてくるスニを必死に抱き寄せた。

「大丈夫よ。大丈夫よ、スニ」

懸命に言い聞かせる。彼女たちの前に、《レムス》とのあいだにゆらゆらと立っている、出現したものは、その手に燭台を掲げていたのだが、それはとても小さかったので、暗い廊下ではあまりよくその全貌が見えなかった。

だが、あるいはそれは幸いだったのかもしれない。リンダは身をふるわせながらひそかにそう考えた。少なくとも、それは、はっきり見えて楽しいようなものでもなければ、心をなぐさめるようなものでもなかったからだ。

それは、けものともつかず、ひとともつかぬ、毛むくじゃらの生命体だった。顔は南方にいるといわれる水牛を思わせて四角く、額の両側に大きな角がつきだしており、ずんぐりとして、そして下半身はあきらかに長い毛がおおっていて折れ曲がった足とひづめがついていて、いかにもけものらしかった。上半身はもうちょっと人間らしく見えたが、いくつかのけものをよせあつめて合成した化け物のようにみえる、といったら一番正確だったかもしれない。そして、その大きな手をつきだして、小さな燭台を掲げているようすは、神話時代の怪物を思わせたが、そのような怪物の威厳や神秘はかけらもなく、どこか悲惨で、みじめそうで、そして陰惨だった。

その手に燭台をさしだして怪物がぎこちなく会釈のようなことをした。《レムス》は満足そうににっと笑った。

「さあ、これでいいでしょう、姉上」

かれはまたあざけるようにいった。

「参りましょう。もっと暗いところへ。そこで、あなたの大切な人が待っていますからね」

2

(あなたの大切な人……)

リンダは一瞬、はっとして、声をたててしまうところだった。だが、すぐにふみとどまった。いずれにもせよ、敵にそう簡単に弱味をみせる気はなかった。

《レムス》はそのままゆらゆらとまた歩きはじめ、ちょっと速度をあげたようだった。巨大な半人半獣の怪物がそのうしろで、燭台をかかげてリンダたちの道案内をつとめる。そんなお供ならいないほうがどれだけマシか、といいたい気持をリンダはぐっとこらえた。

廊下がつきると、《レムス》はそのまま、そこの大きな扉をまた手をつかわずにあけて、そこから次のブロックへと入っていった。もうそれはリンダの見当では、聖王宮の中心部だった。たとえ聖王家の、リンダほどきわめて身分高い女性といえども、何も行事がなければ、そうおいそれとは入ってくることのない、聖王にとってのもろもろの権威の象徴にして、その日頃のさまざまな業務をつかさどる場所である。聖王宮そのものはおもだった公式行事がおこなわれる場所である水晶殿よりは小さいが、天井は同じほど高く、その上にいかめしさのほうは水晶殿よりもむしろ上、といってもいいくらいである。聖王宮と水晶殿のあいだの建物には、執務のあいだにくつろいだり、日常を誰にも邪魔されずにすごせるよう聖王の居間がもうけられている——それこそは、リンダにとっては、もっともいまいましく、思い出したくもない、数々の呪われた記憶と結びついた場所であった。彼女の夫が逮捕されたのも、リンダが乗込んでいってにがい拒絶にあったのも、またまんまと罠にかけられたようなかたちで虜囚とされたのもすべて、その聖王の居間でのことだったからである。

その、聖王宮の裏側を通っている暗い廊下もまた、それゆえにリンダにはそれらのにがい記憶と密接に結びついているものだった。この廊下はいつも、苦い思いをかみしめながらしか歩いたことがないような気がする——と、リンダはひそかに思っていた。もう、目のまえのぶきみな怪物や、その前をすいすいと漂ってゆく《レムス》のぶきみな存在にさえ馴れてきてしまったのか、あまり心をとられなくなったかわり、過去のさまざまな思い出がどっと彼女をおそってきていたのだ。

だが、何回となく、苦い思いでこの、聖王の居間に通じる通路を歩いたといいながら、これほどまでに奇妙な状況でそこを歩いたことは、いかな自分といえどこれがはじめてだ——リンダは、左右にひろがる、カナン織の壁布と、そして妙に圧迫感のある足元の暗闇に目をやりながら考えていた。

（なんておぞましい……まだこの壁にはあの《透明な壁状の生き物》がはりついているのが感じられるわ。あれは、まさかこのクリスタル・パレスのなかすべてをおおいつくしているのかしら……だとしたら、この魔物の魔力は、それだけは認めないわけにゆかないけれど本当におそるべきものだわ……そして、この広大なパレスをそうやっておおいつくしてしまうことができるくらいだったら、同じそのぶきみな魔術でクリスタル全土を——場合によってはパロすべてをだって、こやつはくらいつくしてしまうことができるかもしれない。ますます……ああ、私にはどうしたらいいのかなんて、まったくわかりようもないけれど、でもなんとかしなくてはいけない、少しでも早く、なんとかしなくては！　でなくては、ああ、私の愛するパロが、すべてこんな怪物の思うがままにまったく見知らぬ異世界にされてしまう！　もう、私の大切なクリスタル・パレスはそうなりかけている！　なんてことだろう、なんて——！）

だが、そのリンダの激しい思いは、おもてにはあらわれぬ。彼女は、ただ、ひたひたと、あやしい案内役たちに導かれて、深夜、謎めいた魔宮のなかを歩いてゆくだけだ。

ロウソクのあかりはゆらめき、それが壁の肖像画をぶきみにうつしだして、祖先のぶきみな顔がちかりと浮び上がっては、また暗がりのなかに去っていった。まるでこの宮殿には、かれらのほかには誰ひとり生きてうごめいているものは存在しておらぬかのように、何の物音もせず、気配もしない。これだけ大勢の人間が存在しているはずの建物にしては、おどろくほど、異様な静寂があたりをおおいつくし、ひそとも遠い物音も伝わってこぬ。

それはリンダにかなり異様な感じをおこさせた。聖王宮にかぎらず、クリスタル・パレスはクリスタルの不夜城——いや、世界一の不夜城の名をほしいままにし、どれほど夜がふけようとも、どんなときでも——たとえ、戦乱のまっただなかであってさえ、クリスタル・パレスの灯だけは消えぬ、とまで吟遊詩人のサーガにもうたわれた宮殿であった。

たとえ、聖王の喪に服しているようなときでさえ、おさえ、ひかえてはいるものの、ひそやかなざわめきと活気はぬぐいようもない——そのざわめきは、あの恐ろしかった黒竜戦役で、クリスタル・パレスがモンゴール軍の制圧の下におかれ、国王夫妻がむざんにも戦死してその生首がアルカンドロス広場にさらされたそのときでさえ、たえることはなかった、ときいている。上から下まであわせれば、三千人以上もの人々がこの宮殿に住んで仕え、さらにそこにやってくる貴族たちとその従者たち、出入りの業者、通いの者などをいれれば、その数は五千ではとうていきかぬだろうという、小さな地方の一町などをはるかにしのいでしまうほどのスケールをもつ大宮殿なのである。

たとえ、すべてのものが眠りについてさえ、それでもクリスタル・パレスの活気は消えぬはずだった。どこかで何かの物音がし、水車の音や薪を燃やす音や、馬のいななきや——梢のざわめきでさえ、クリスタル・パレスの活気をもりあげるのに役立ったはずである。

だが、いまのクリスタル・パレスは——

文字どおり、死に絶えてしまった、カナンの宮殿にいるとしか思えぬ。

それは、リンダをひどくぞっとさせた。もともと鋭敏な感覚をのばしてさぐってみても、何とも言えぬ威圧感のような静寂が重苦しくのしかかり、そして生あるものの息吹をまったく感じさせない、クリスタル・パレス。

（ああ……）

あの、にぎやかな貴顕淑女たちのさんざめき、華やかさと栄光とにみちたパロの誇る不夜城はいったい、どのような魔に見入られてしまったのか――

そう思うだけで、リンダの胸はしくしくと深く痛む。もう二度ととれぬのではないかとさえ思われる、それは奥深い苦しみと悲しみであった。

(お前の……お前の悲鳴がきこえるわ、クリスタル・パレスよ……お前のうめきが、お前の助けを求める叫び声が……ああ、なんということだろう。神はなんという運命をお前にお許しになったことだろう！　こんなことが――こんなことが中原に、存在することが許されるなんて……)

「さあ」

ふいに、ゆらゆらと前を漂っていた魔王がふりむいて、ニヤリと笑った。

リンダはびくっと身をふるわせた。これまで、レムスをのっとり、その心を惑わせ、ついにはまったく似ても似つかない怪物にかえてしまった――といきどおり、うらんでいた敵であったが、いまや、相手はそんななまやさしい存在ではないのだ、ということが、リンダにもだんだん悟られはじめてきたのだ。

(こやつは……とてつもない力をもつ怪物なんだわ……このパレスそのものを、たったこれだけの時間でこんなにも――変えてしまうほど――あれだけ大勢の人間たちがいたというのに、誰にも気づかれず？　それとも、その全員が、レムス同様のっとられてしまったのだとしたら、こやつの魔力はさらにとてつもない……)

（ああ、ナリス——あなたのそのかよわいからだで、たたかいをいどんでいるのはなんという怪物なのだろう！　私、どうしたらいいの……私にはどうすればあなたを助けることができるの……ここにとらわれて、どうすることもできぬこんな無力な私に……）

「さあ、こちらへ、姉うえ」

ばかていねいに、からかうようにお辞儀をして、《レムス》がいった。

ぽっかりと、右側の壁に黒い四角い穴があいている——ようにみえた。が、それは、ただの、ドアの入口にすぎなかった。そこから、階段が地下にむかっておりている。

「御案内しましょう。まず、面白いものを見せてさしあげなくてはね」

《レムス》は悠然とその闇のなかにふみこんだ。そこから先にはもう一切の壁の燭台はついていなかった。リンダはたちすくんだ——足元もう、そこから先はさだかでないのだ。

「どうした」

《レムス》は苛立ったように、リンダにではなく、牛頭の怪物に声をかけた。

「何をしている、ラゴール——相変わらず愚鈍なやつだな。早く、姫ぎみの足元をお照ししないか。姫様が怖がっておられるじゃないか」

ラゴールと呼ばれた牛男はうっそりと燭台をかかげる。ごく小さな燭台だとばかり思っていたが、それは、かかげるとぐいと大きな炎となって闇を照し出した——それでも、足元を照す程度にしかすぎなかったが。階段がひとすじ、長々とのびているのは充分に見てとれた。

スニが恐怖におびえながらぎゅっとすがりついてくるのが感じられた。リンダは小さくヤヌスの名をつぶやき、そして闇のなかに勇敢に足を踏出した。ラゴールが、一歩一歩、先を歩きながら先導する。いよいよ、リンダは、謎めいた恐怖の城の奥に奥にと踏込んでゆく、とらわれの勇敢な乙女そのものであった。

（ヤーンよ、お守り下さい——ヤヌスよ、あなたの娘に御加護を！）

リンダはつぶやきながら、暗闇を降りてゆく。黒いマントは暗闇にぬりつぶされてしまったが、ほの白い《レムス》の顔と、光る双の目が闇にうかんでぼんやりと見えているのが、亡霊のようで、かえってとても気味が悪かった。リンダは歯を食い縛った。

「その壁にそって、手すりがあるから、おつかまりなさい」

《レムス》が親切そうにいった。リンダはおそるおそる手をだした。あの見えない壁にふれてしまうのではないかとおっかなびっくりだったが、さいわい、つかんだ手すりはごくふつうのただの手すりでしかなかった。それにつかまると、少し降りてゆくのが楽になった。

それは聖王宮のなかの秘密の地下室にむかっている階段なのだろうか。その存在は、リンダもまったく知らなかったものだった。リンダは前をゆく《レムス》とラゴールを見失うまい、スニの手をはなすまいと、必死になりながら、階段をおりていった。いまや、憎い敵であれ、ぶきみな異世界の怪物であれ、かれらだけが、道案内であり、かれらを見失ってしまったら、もう二度ともとにもどれないかもしれないのだ。リンダは、暗闇への本能的な恐怖を懸命におしこらえながら、階段をおりていった——階段は歩きにくくはなく、すべりもしなかったが、それでも、必死に手すりにしがみつきながら左手でスニの小さな手を握っているリンダにとっては、永遠かと思われるほど長く思われた。

「さあ、ついた。——というか、まず、最初にお目にかけたいもののところにね。……さあ、見てごらんなさい。こちらを」

かるく、《レムス》が暗闇に鬼火を生み出して、その青白い炎をかざすようにした。とたんに、リンダはああッとかすかな悲鳴をかみころしかねた。

「アー——アドリアン！」

「リンダ！」

彼女の声は、明らかに相手にとどいていたらしい。

それは、たぶん、この聖王宮の地下にある小部屋だった。それほど狭苦しくはなく、また、それほどいごこちが悪そうではなくしつらえられていて、壁ぎわに比較的豪華なベッドと机と椅子、ちょっとした家具などもおかれているが、それでも明らかにそれは獄舎であることには違いはない。その、ベッドの上に、一人の若者が、悄然と横たわっていたのが、はねおきて、信じがたいまぼろしを見たように——まさしく、そうであったには違いないが——こちらに手をさしのべていた。そのやつれた、可愛らしい顔に狂おしい希望の色が浮かんだ。

「リンダ！　ああ、リンダ、リンダ！　あなたですか！　あなたなのですか？　なんという嬉しいまぼろしが今夜は訪れてくるのだろう。それとも……もう、僕の頭がいよいよこの幽閉にたえかねて狂ってきて……それで、いまわのきわのまぼろしを見始めたのだろうか？　だったらそれでもいい……あなたのおもかげを夢に見ながら死ねるんだったら、いまの僕にとってはのぞみうる最大の幸せかもしれない！　ああ、リンダ！　いとしいひと、僕の女神！」

「アドリアンね！」

　たちまち、リンダの目には涙が浮かんだ。彼女は懸命にそれをおしころそうとしたが、駄目だった。

「どうしてなの！　なんでこんな酷いことをするの？　いったい、アドリアンに何の罪があるというの？　アドリアンは、何ひとつ、かかわりはないじゃないの！」

「とんでもない。彼は、カラヴィア公を動かして反逆者アルド・ナリスに加担させようと心を砕いた。それだけでも大罪人の謀反者ではありませんか。——本来なら、ランズベール塔があればそこできびしい拷問をうけて責め苛まれても当然のところを、こうして幽閉され、尋問もあとまわしにされているだけでも、一応も二応もカラヴィア公息という特権を考慮されて甘やかされた、特別の措置というべきだ」

　冷やかに《レムス》が答えた。

「それに、ずいぶん彼は優遇されている。ごらんのとおり、鎖にも足枷にもつながれていないし、入浴もたまにゆるされ、食事もきちんきちんとまかなわれている。ほら、健康そうじゃありませんか。あの美少年ぶりだってそれほどおとろえているわけじゃない。まあ、もともとあんまりものを考えない少年であることも確かですがね……にしても、もうちょっとたったら、もっと働いてもらわなくてはならない。父のカラヴィア公に、ばかな考えをおこすのはやめて、自分もすっかり改心したから、即刻カラヴィアに戻り、二度と謀反に加担するなどという気持はおこすまい、と父子で誓い合うという重大な役割をね」

「なんてことを……」

リンダはうめいた。

「なんて非道なことをするの。アドリアンをここから出してあげて。アドリアンは何も関係ないのよ。すべて、私たちが――私とナリスがしたことじゃないの。アドリアンをまきぞえにしないで」

「それはもう、もちろん、わかっていますよ。あなたとナリスがすべての元凶だということくらい。それにあの阿呆のヴァレリウスとね」

《レムス》はいった。その口調に、これまではなかったかすかな、人間的なものが感じられて、リンダははっと顔をあげた――が、それは、人間的といっても、かなりぶきみなものだった――それは、したたるような憎しみのひびきであった。

アドリアンのほうからは、《レムス》が見せようと思ったときしか、こちら側は見えていないのかもしれない。あるいは少なくとも、《レムス》自身はそちらからは見えていないようであった。アドリアンは、むなしく手を宙にさしのべ、リンダのほうへむけて空をまさぐるようなしぐさをくりかえしたが、それからまたがっくりと両手で金髪の頭をおおって、うなだれた。もともと可愛らしい紅顔の美少年で評判のカラヴィア子爵であったが、リンダと同じときに幽閉されたのだから、リンダと同じだけの時間、こうして地下牢での苦しみを耐えていたはずである。また、リンダには、窓から外をかいまみることも許されていたし、途中からデビ・アニミアとスニという何よりものなぐさめが与えられもしたが、そういうものは一切アドリアンには与えられなかったのだろう。美しい金髪もかなりのび、大きな青い目もがっくりとおちくぼんで、それでももともとが美貌であるのでひどくその美しさがそこなわれてこそいなかったものの、ずいぶんともともとの、天使のような愛くるしさは失われて、やつれはてていた。

「ああ、リンダ……やっぱり、むなしいまぼろしなのだろうか……僕の頭がいよいよ狂い出して、一番見たいひとのまぼろしを思い描いているだけだったのか……」

アドリアンは力なくつぶやいた。そしてまた、かすかにすすり泣きながら両手に顔を埋めた。

「いつになったらここから釈放されるのだろう——何ひとつ説明さえもしてもらえぬままに力づくで拉致され、おしこめられて……リンダ！　リンダ！　ああ、あなたのことが心配でたまらない。あなたもとらえられたのでしょうか？　いったい、いまごろあなたはどうしているのか……どうして、いまになって突然僕の前にまぼろしとなってあらわれたのか……まさか、まさか最悪のことが……そんなことはないと思うが……いくらなんでも、あなたは第一王位継承権者にして王姉なのだから。いかに暴虐な国王といえど、あなたの貴いおからだにあえて手をかけるような真似は……ああ、でも、いったいいつまでこうしているのだろう。もう一生ここから出してもらえないのだろうか……ああ、気が狂いそうだ。いや、もう狂ってしまったのかもしれない！　だからあんなまぼろしを見るのだろうか……ああ……」

そして、またアドリアンは苦しそうに金髪をその細い手でかきむしり、ベッドの上に身を投出した。

リンダは激しくくちびるをかんだ。

「お願いだわ」

宿敵のあわれみをこう屈辱に、蒼白になりながらリンダは叫んだ。

「お願いだからこんなひどいことをしないで。アドリアンは本当に何の関係もないのだといっているでしょう。拷問するにしても、いためつけるにしても——私をしたらいいわ。アドリアンはもう、釈放して、お父様のもとにかえしてあげて。もうカラヴィア軍を動かそうとはしないわ。このままでは、アドリアンがあまりに可愛想だわ——いえ、たったひとりの大事な御子息を奪われたアドロンだってきっといまごろどんなにか苦しんでいるわ。これがすべて——このありさまを私に見せつけることがお前の陰険なたくらみであることはよくわかっているけれど、でもお願いだわ。お前にもしたった一掬の人間らしい心でもあるのなら、アドリアンをまきこまないであげて。私が——私がそのかわり、どのような苦しみでもうけるから……」

「たいへん、うるわしい友情ですね。姉上」

あざけるように《レムス》が評した。

「それとも、それは、夫ある身としては、まことにけしからぬことながら——美しい愛情、というべきでしょうか？　そう、でも、貴女は、あのような、寝たきりで貴女に手をのばすこともしない良人にあてがっておくには勿体なさすぎますからね。それはもう、年下だろうが、ちょっと可愛らしい顔だけが取柄のつまらない少年にすぎなかろうが、元気で自分の自由に動きまわれるアドリアンのほうがいいと思いますよ。それはちっとも不思議ではないな。——もっとも、いまとなっては、こうして幽閉されてしまったままのアドリアンと、ナリスと、どちらが自由に動き回れているかは、神のみぞ知るといったところですがね。——まあ、どちらにしても、美しいことはなかなか美しいけれども、あんまり男性としては女性をよろこばすものの役にはたちそうもない。真の男らしさなんて、閨房の暗がりのなかでなくてはわからないものなのですからね。やっぱりその点は、貴女は何も知らない乙女なんですね、リンダ。——あんな、可愛い顔だの、絹糸のような金髪だの、青い瞳だの——それとも、美しい顔やつややかな黒髪や、妖しい黒い瞳なんかに心をまどわされるのは、少女だけですよ。僕が貴女なら、まだしも赤い街道の盗賊のほうが——いや、いまとなってはゴーラ王様々か——そのほうがまだ、男らしい魅力にはみちあふれていると思うところなのですけれどね」

「汚らわしいことをいわないで」

リンダは怒りにふるえて叫んだ。

「お前の口からそんなことが出るのをきいてさえ吐き気がするわ。——私は、お前のことばなんか本当はひとことだってききたくない。お前など、こうして一緒の空気を吸っていることさえ汚らわしい。お前はさきほどから、さんざん私を夫のことでおどかしたり、いやらしい下劣なほのめかしをしているけれど、もしもあのひとに何かあれば今度は私の番だわ。私がこんどは一生かけてお前をうちたおし、パロに平和と自由を取り戻してみせる。——お前のことはもう、一生弟とも身内とも思いはしないからッ！」

「それは、あまりにも僕の気持を誤解なさっているというものですよ。姉上」

からかうように《レムス》は云った。そして、ひょいと手をふると、青白い鬼火はかき消え、同時に、両手に顔を埋めたままのアドリアンのすがたもかき消えた。

「可愛想なアドリアン」

リンダは呻いた。

「いまに……ああ、いまになんとしてでも私が助け出してあげたい……ああ、力がほしい、力が！　いますぐにでも、お前をうちたおすことのできる力があったらどんなに素晴しいだろう！」

「と、誰だって思うのですが、しかし、そう思う者は決して本当に力を持ち得たためしはないんですね」

《レムス》は嘲笑した。それから、ひょいとまた、浮び上がった。

「さあ、先へすすみましょう。とりあえず、貴女が心配していたアドリアン子爵の消息はわかったでしょう。これだけでも、僕がずいぶん親切だと思いませんか？　貴女の心配している、貴女にとって大切な人たちの消息をみなつぎつぎに教えてあげようというんですから。さあ、次は上ですよ……ここはどうも暗くてお気にめさないようだから、もっと上にゆきましょう。それに、いろいろと僕がおいておいた、見張りの者たちがよりあつまってきた。ひさびさに新鮮な血、生きた人間の生気のにおいをかいでね。――また、あなたの青い血ときたら、そのなかでも特別あつらえに素晴しいんですから。まあでも貴女は安全ですよ、僕と一緒にいるかぎりはね。でも、その小ザルはどうかわかりませんからね。手をはなさないでやることですね。気がついたら、小ザルの腕だけをしっかりにぎりしめていて、そのさきの胴体はついてない、などということになりかねないですからね」

3

リンダの奇妙な、ぞっとするような——だが妖しく妙に心をひきつけられもするおそるべき地獄めぐり、ともいうべき冒険の旅は、ひそやかに続いていた。

その建物のなかにいるかぎり、もう、時はとまりはててしまったかのように、いまが夜とも朝とも、また時ははたしてちゃんとこのなかでも外の正常な世界と同じように流れているのかということも、ほとんどわからなかった。外の世界、などというものがあるのかどうかさえ——また、正常な外の世界の空気というのはどのようなものであったかさえ、もうだんだんリンダにはわからなくなってきつつあった。リンダも一応聖王家の巫女姫である。魔道の訓練は男子のようには受けてないにせよ——当時の世界的な風潮としては、魔道とは基本的に男性のおさめるものであり、よくよくのことがなければ魔道師たちは女の弟子は受付けないし、そもそも精神集中が基本となる魔道学に、さまざまな肉体の状態に精神を左右される女性は向いていない、素質がない、ときめつけられていたのだ——、もともと霊能者としての素質はきわめて高い。その彼女には、そうやっていれば、必ずやこの異常な空間の波動が影響をあたえずにはいない。

もっとも奇妙なのは、あれだけ大勢の人間がひっきりなしにたちはたらいていた聖王宮の中心部たるこの建物の、また一階に戻ってきても、まったくといっていいくらい、ひとの気配がしないことであった。だからといって、人間がいないわけではなかった。

さきほどまではたしかに人っ子ひとり見掛けない奇妙なしんとした空間がひろがっていたが、いまは、ひとが通り過ぎないわけではない。リンダの見慣れたお仕着せや制服をつけた聖王宮の侍女、小姓、衛兵たちがひっきりなしにこんどは廊下を通り過ぎてゆく。リンダと《レムス》のかたわらをとおるときには、低く目礼をしてゆきもするのだから、見えておらぬわけでもないのだろう。

だが、それは、リンダにはひどく異様な印象をあたえた。その侍女たち、小姓たち、衛兵たちは、とうてい生きている人間とは思えない。いや、確かに、動き回っているのだから生きてはいるはずなのだが、影が極端にうすい、とでもいったらいいのだろうか。リンダには、かれらは一人残らず、自動人形が命じられたプログラムのとおりに粛々と、しずしずと動き回っているようにしか見えなかったのだ。

それに、かれら自身の顔もまったくそういうふうに見えた。こわばって、何の表情もなく、何の生気も感じられない——冷たくかたい、瀬戸物の人形が、人間のお仕着せをつけ、魔道によって闇の生命をあたえられて動き回っている、というようにしか見えぬ。お辞儀をしてすりぬけていくときにも、生命ある人間がひとり、かたわらをとおりぬけてゆく、といういのちの波動、あたたかみのようなものはまったくといっていいほど感じられない。

その奇妙な、自動人形のような従者たち、侍女たちに、《レムス》は一瞥だにくれようとしなかった。何の関心も持っておらぬことは明らかだった。《レムス》がちょっと関心を示したのは、もうちょっとひろい廊下に入っていって、むこうから奇妙なものがふいにあらわれてリンダに悲鳴をあげさせたときだった。

「きゃあ、あ、あれは一体なにっ」

見慣れた聖王宮にこのようなものが存在しているとは夢にも思わなかったのだ。リンダは口に手をあててようやく叫び声をふせいだ。

それは世にもグロテスクなしろものだった。首から上が馬のすがたをした騎士で、勿体ぶった下級貴族のおしきせのマントをつけ、そのマントのあいだから太い馬の首がぬっとつきだしている。ほかの装備は完璧だった。その馬頭の人間は、しかも一人ではなく、三、四人連れ立っていて、二人をみるとうやうやしく、膝を折って、正式の、こういうさいの国王と貴婦人への礼をしたのだった。

「あ、あれは一体何、何なのっ」

リンダの声は嫌悪と恐怖にかすれた。《レムス》は苦笑した。

「驚くことはない。ああいった連中がこれから、われわれの——このクリスタルの仲間となり、新しいタイプの住人となって、どんどんこのパロの闇王国を発展させてゆくものになるのですよ。かれらはター・レンの馬騎兵たちですが、いまこの王宮をかたく警護してくれているのは無敵の、リュイ・ターの竜騎兵たちです。かれらは実に強力ですよ……アムブラの連中はもう、その強力さを実感することになりましたがね。まもなく、貴女の御主人もするのでしょうが」

「…………」

そのほのめかしというにもあまりにもろこつなことばに、はっとしてリンダは《レムス》をふりあおいだ。だが《レムス》はもうそこをはなれていた。

階段をあがって明るいフロアーに出、しだいに、王宮の中核部にすすんでゆくにつれ、リンダは、聖王宮の中心部になればなるほど容易ならぬ侵略がおこなわれていることを、はっきりと悟らざるを得なかった。かつてあれほど威厳と秩序が保たれていたその聖王宮の中心部には、もう、まったく生気のない人形のような人間たちか、あるいはそのようなぶきみな、首から上が実にさまざまな動物のすがたをした半獣半人の怪物しかいない、ということが、わかってきたのだ。馬の首の騎兵たちは序の口だった。まもなく、こんどは、《レムス》の到来を迎えるかのように、首から上に鳥の頭が生えた侍女たちが、いっせいにあらわれてひざまづき、「アル・ジェニウス！」と声をあげた。リンダはめまいがしそうになった。頭のところに華やかな大きなとさか羽の生えた鳥の頭がいっせいにくちばしをひらき、「アル・ジェニウス！」と唱和する光景、などという魔道の悪夢じみたものが、この聖王宮で見られようとは、リンダでなくとも誰一人思わなかったにちがいない。

《レムス》は非常に確信をもって歩をすすめているようだった。あいかわらず空中を浮遊していたが、いくぶんすすむ速度は早くなっていた。リンダはついてゆくのにかなり足をはやめなくてはならなかったが、この敵の首魁あいてに弱音をはくつもりはなかった。可愛想なのはスニで、必死についてくるのに、ちょこちょこと足を動かさなくてはならず、ときたま肩で激しくあえいでいた。

鳥の頭の侍女たちのうしろに、さらにぶきみなものが待っていた。南方に住むときくエルハンの頭をもった、肥満した貴族たちや、豚の頭をもつ貴婦人たち、そして牛の頭をした武将が、大広間にむらがって、おそらくは饗宴のひらくのをまつさんざめきを演じているのだろうか、グロテスクな戯画のように三々五々、かたまって会話をかわしていたりしたのである。《レムス》がその大広間に足をふみいれると同時に、どーんと銅鑼の音が重々しくうちならされ、その怪物たちはいっせいに話をやめて平伏した。それをひややかに見て《レムス》はどんどん大広間を横切り、玉座ののっている台の上にのぼって、玉座にはすわらず、立ったまま声をかけた。

「起立してよし！」

「国王陛下に御慶を申し上げまする！」

かしらだった、巨大なエルハン頭の貴族が声をあげた。ふいに、リンダはハッとなって、よろめいた。

「そ、その声！」

彼女の口からもれたのは悲鳴のような叫びだった。

「その声は、まさか！」

「王姉殿下には御機嫌うるわしく……」

エルハンの口がひらいて、ぶきみな生気のない、暗記したものをそのままくりかえしてでもいるかのような声がもれてきた。それが口をひらくたびに、口の上から胸までもたれさがっている長い鼻がぐいともちあがり、巨大な耳がぱたぱたと動く。

「その……その声は……」

「お久しゅうございます。ライアー伯爵でございます。国王陛下のおひきたてにあずかり、現在は官房長官を拝命いたしております」

「ラ、ライアー伯爵……」

リンダはこんどこそ卒倒しかけた。そのぶきみな怪物が、かつてよく知っていた、近衛長官や大蔵長官をも歴任した大貴族がむざんにも変身させられたすがたなのだ、と知ったのである。

「まさか……まさか、こ、この……このひとたち、全部……」

リンダはいまにもその場に失神してくずおれてしまいそうな恐怖を懸命にこらえながら声をふりしぼった。

「まさか……そんな、そんなことって……」

「私は、皆にただ『本来のすがたに戻れ』と命じただけですよ、姉上」

《レムス》があざけるようにいった。その声は妙に、高い天井にこだまするようにいんいんとひびいていた。

「だから、皆、自分の本来のすがたに戻ったんでしょう。どうです、このほうが、かたちばかりとりつくろった偽善者どもの宴会などを見ているより、ずっとすっきりして、すがすがしくて、楽しいとは思いませんか？　ハハハハハ！」

「なんて……なんてことを……」

リンダは、恐怖のあまり目をふせてしまった。そして、誰が誰やら、もしもまたそのほうに目をやってよく知っている誰かを見付けてしまっては、という恐怖に、もう目をあげてそちらを正視することもできなかった。

大広間には、よく見ると実にさまざまな怪物が群れていた。ゴクラクチョウの頭をもつ貴婦人、山羊の頭の老学究、犬の頭をもつ小姓たち——動物の種類は似通ってみえても、同じ顔をしたものはひとりとしていないのだということにリンダはさきほどの一瞥で気づいた。

《レムス》は横柄にそちらにむかって手をふった。

「どうした。さざめきがとまったぞ。続けろ。宴を続けるのだ」

たちまち、人々はざわめきはじめ、また三々五々とむらがっては話をはじめた。それはリンダには、ただのぶきみな動物たち、鳥たちのなき声がかわされているようにしかきこえなかったのだが。

「どうですか。私は何も魔道をかけたわけじゃない。むしろ逆に、かれらが自分のことをまっとうな人間様だと思い込んでいる、その下らぬ思い上がりをといてやっただけのことですよ」

《レムス》は冷やかにそれを見下ろしながら、いかにも地獄の帝王らしく云った。

「そう、あの少年もあんなところにつないでいないで、そろそろここに混ぜてやったほうがいいかな。カラヴィア公のほうさえ納得してくれれば、そうしてやってもいいのですがね。さて、あの可愛らしい少年はいったい何になるだろうな。小犬かな。それとも、子豚かな。従順だけど、何の知恵もない、ね」

「なんてことを――」

リンダは悔しさと憤怒のあまり両手をもみしぼった。

「この――悪魔！」

「それはおほめのことばと受け取っておきましょう、姉上」

《レムス》は平然と答えた。

「それに、貴女は誤解している。ああいうすがたにされて、かれらが不幸だとでもお思いですか？　とんでもない。かれらは以前よりもずっと幸せになりましたよ。もう二度と、人間のふりをして無理をしなくてよくなりましたからね。――もともと、人間のレベルに達している人間なんか、この世界にそんなにいるものじゃないんですよ。だったら、本来のすがたどおりの頭をしているほうがよっぽどマシだ。豹頭だの、竜頭だのね」

いかにもたくらみありげに、《レムス》はそのさいごのことばを口にした。リンダはきっとなって《レムス》をにらみつけた。

「それと面白いことに、僕がこうして『本来の姿にたちかえれ！』という魔法をかけたらね。

大半のものはこうして首から上がけだものの すがたになってしまいましたが、なかには、首から下だけけだものになったり、あるいは首の上も下も、つまりは全身がけだものになってしまった天晴れなやつもいましたよ。——まったく面白い。これがつまりは人間の本性というものですね。それに、キタイとパロの違いというのも、それを研究して一冊といわず十冊ばかりの書物をあらわしたいくらい興味深かったですね。——キタイで同じことをしようとしたときには、かなりの人間が、パニックをおこして……あるいは脳が破裂して死んでしまったり、また、変身できなくて、変身の途中で死んだりしたのですよ。キタイの人間のほうが、素直というか、知能程度と当人の人間性がよくあっているというべきなんでしょうね。パロの人間は偽善者ばかりだということが、本当にこれでよくわかる。——いやいや、まったくもってご立派なことです。かれらはこの頭でも何の不自由も感じてやしませんよ。貴女がかわいそがってやるようなことじゃない」

「キタイの悪魔——！」

くいしばった歯のあいだからおしだすようにして、リンダはうめいた。

「いまに……いまに絶対、かれらを助けてやるわ。私がなんとかして……なんとしてでも。誰の力をかりてでも。そしてもとのすがたに戻してやる……悪魔め。私の美しい国を、何の罪もない国民たちを、よくもこんな目にあわせたわね……」

煮えるような怒りの涙が、リンダのなめらかなほほにこぼれおちた。

《レムス》は冷やかにリンダをみた。

「貴女は王位継承権者としては少々、感傷的だし、それに感情的にすぎるな」

《レムス》は評した。

「貴女のいうことはみな、現実から遊離したたわごとにきこえますよ。そもそも貴女の連れているそのセム族はどうなのです？　かれらはもともと、セムはこのように小さく、そしてラゴンは二タールもある巨人として、ノスフェラスで独自の系統進化をとげてきた。その系統進化は、貴女がたが中原で持ってきた歴史の系統とはまったく違う系列のものだ。だが、だからといって、セムやラゴンと、中原の文化とどちらが正しく、どちらが間違っている、などということは、貴女がたご立派な中原の《人間》にはいえますか？　何が人間という種族としてあるべき姿か、などということは——南方のランダーギアの人種は黒い肌をもち、クムの者たちはキタイの血をうけついで肌が黄色い。カナンの末裔たちは白い肌と黒や金色の髪の毛となかなかととのった容姿をもち、北方の連中は巨大で無愛想だ。だが、そのどれが正しくてどれがすぐれている、と一体誰が決めるんです？　貴女たち、パロの文明人たちですか？　パロは確かにすぐれた文明の歴史を育てたかもしれないが、そんなものは絶対のものでもなんでもない。パロだけが侵略されてはいけないなんてことは、ありえない。パロだけが神々に認められ、守られ、庇護されているんだとしたら、そういう特権こそ、いつかは剝奪されなくてはいけないのが、大宇宙のおきてというものなんです。そう、大宇宙——宇宙のなかには無数の文明があり、無数の種族が生きている。そのなかでこの惑星《ほし》の、この時代の、中原の、さらにそのまた一部——なんていうちっぽけきわまりない文化が、どうして絶対たりうるんです？　その無数の種族のなかにはもっとずっと人間ばなれしたすがたかたちをもつものもあるし、そうした連中はそうしたかたちにあわせた文明を発展させた。貴女たちの無知な、野蛮な頭では想像もつかないようなね。――そう、貴女たちは確かに、自然のことわりよりはほんのちょっと早く進化させられることになったかもしれない、我々の手によってね。だが、それはむしろ素晴しいことじゃないんですか？　どうしてそれを《侵略》とばかり考えて、抵抗するんです。それをどうして、我々との《融合》によって文明の新しい段階がはじまる、とは考えられないんです？」

「なんとでもいうがいいわ。キタイの悪魔」

激しく、叩きつけるようにリンダはいった。

「私はお前のそんな詭弁になんか決して耳をかさないから。――私はお前になんかだまされやしない。私をこうやってけだものにかえたいんだったらそうするがいい。私は聖王家の青い血の誇りにかけて、みずからのいのちを断ってその血の純潔を守ってやるわ」

「もしかしたらもうとっくに魔法をかけられているのに、ただそのことが貴女にはわからないだけかもしれませんよ。そうは思わないんですか」

冷やかに《レムス》が云った。

「あの豚どもだって、自分がそんな怪物だなんて思って不幸にうちひしがれているわけではないし、お互いのことはもともとが、軽蔑して、この豚め、とかこのばかなメスめ、などと思っていましたからね。だから何の痛痒も感じていないから、ああして笑いさんざめいて、饗宴ごっこがしておられるんです。――もしかしたら貴女だってもうとっくに生まれもつかぬ怪物に私の手によって変身させられているのかもしれないじゃありませんか」

「ええッ」

リンダは心ならずもぎくっとして、思わずおのれの顔に手をやって確かめた。その手にふれるものは何ひとつ、かわった感触を伝えてはこなかった。

そのようすをみて、《レムス》は低く笑い出した。

「いや、じっさい、貴女はなんと可愛らしいんだろうな。純真で、無垢で、信じやすい」

《レムス》はあざけるように評した。

「大丈夫、一応、美の基準はキタイでも中原でも――また、宇宙の果てのオーロールでも同じですからね。その芸術品のような貴女の美しいすがたを、あだやおろそかで醜くかえてしまったりはしませんよ。そんなことをしたらつまりませんからね。――そもそも、貴女の御主人にしたってあのように美貌でなければ……あ、いや」

《レムス》は何か迂闊なことを口をすべらせた、とでもいったようすで、ニヤニヤしながら口をつぐんでしまった。リンダは《レムス》をにらみつけた。

「ナリスがなんだというの。化け物」

「さあ、もうこの大広間にむらがっている連中には飽きたでしょう」

《レムス》はいかにも話をそらすふうにいった。

「参りましょう、姉さん。そして、もうちょっと僕の作り上げた秩序の芸術と、そしてこの美しい都の真髄を見てやっていただきたいものです。さあ、行くぞ——国王の退出だ。一同、礼」

たちまち、ごわーんと銅鑼がうちならされた。ぶきみな獣頭の怪物たちが、世にも奇怪な戯画のように、うやうやしく頭をさげるようすを、リンダは恐怖しながら見つめていた。それが、自分もよく知っていたし、あるいはなかには自分の崇拝者だった若い貴族だの、自分とけんをきそっていた若い姫だのもまざっているのか、と思うと、あまりにもぞっとしてまた気を失ってしまいそうな気分だったのだ。

「姫さま……」

スニが怯えながらそっと必死によりそってくる。リンダはその手をたったひとつの救命ブイのようにつかみ、スニが小さな悲鳴をあげるほどかたくにぎりしめて、またひょいと浮び上がって動き出した《レムス》に続いて大広間を、王の退出の扉から出ていった。うつろなさんざめきは、《レムス》が室を出たとたんにリンダの背後でぴたりとやんだ。それがいっそう、リンダにはむざんな、ぶきみな、おそるべき芝居めいた印象をあたえた。

だが、リンダは、かれらをどうやってあの魔道から救い出せばいいのか、ということを考えるのはとりあえずあとまわしにすることにした——それを考えていても、いまはどうなるものでもなかった。パロ全体がもっと巨大な危機に襲われている——ようやく、リンダには、いま彼女の愛する祖国を襲おうとしている前代未聞の災厄が、いったいどのようなものであるのか、全貌がわかりかけてきたところだったのだ。

（落着くのよ、リンダ……）

　彼女は必死におのれにいいきかせていた。

（もう、いまとなっては……この宮殿のありさまをこの目でみて……そして正気を保っていられるのは、この魔物に精神をあやつられていないのは私だけかもしれないのだわ、この宮殿のなかで。……そしてナリスは、自分が何と、いったいどんなおそるべき怪物とたたかっているかもまだ本当には知ってはいない。いくら想像しても、これは……これはあまりにもとてつもなさすぎて、とても普通の人間には想像しかねるような事態だわ。――そう、だから、パロの希望は、私が……私がこのまま、正気のままでなんとかここをいずれ脱出できるかどうか、それだけにかかっている……誰も何がおこなわれているか知らないし、まさかそんなことがあろうとも思わない……レムスが憑依されてのっとられてしまったどころじゃない……宮廷全体が、クリスタル・パレスのすべてがのっとられ、じわじわと魔道によって変貌させられようとしているのよ……大変なことだわ。パロはじまって三千年、これが最大の危機なんだわ。しっかりして、王女リンダ……パロを守るのは、お前の役目なのよ……）

（ああ、なんてことだろう。ただの無力な巫女にすぎない私にはあまりにも荷が重すぎる……でも、なんとかしなくてはならない。このままでは――このままではパロだけじゃない……中原も、世界も……）

（グイン……）

　ふいに――

おのれの脳裏にうかびあがってきた、かぎりなく懐かしく、慕わしい影像――

それが、なぜ、《彼》であったのか、それをリンダはあえて考えたいとも思わなかった。

彼もまた、ある意味では、あの大広間にむらがっていたあわれな怪物たちと同じ、半獣半人の怪物にすぎないのかもしれなかったのだが――むしろ、外見だけであれば、はるかにグインのほうが、怪物たちに近く――リンダ自身とはかけはなれていたかもしれないのだが。

（でも……あなたは違うわ……なぜかわからない。あなたは違う、そんな気がする。……あなたは味方……あなたは信じていい……あなただけが頼りなのかもしれないという気が……どうしてだろう。ああ、グイン――）

突然、胸につきあげてきた、気の狂わんばかりの慕わしさとなつかしさ、そしてそのたくましく頼もしい存在への渇望に近い思いを、リンダは狂おしく胸に抱きしめた。その存在のことを思い出しただけで、ふいに、あいつぐ衝撃に失われかけていた正気が力強く抱き止められ、守られて行くような、かすかな希望の光がよみがえってくる。

（ああ、グイン……あなたなら……戦えるだろうか、この怪物をあいてに……このとてつもない陰謀をあいてに……）

そのリンダを、《レムス》は、何もかもお前の考えていることなどすべてわかっているのだぞ、といいたげにじろりと見た。

そして、いきなりリンダの背中を手でない力がぐいと押して前にすすませた。リンダは悲鳴をあげて、あわや倒れこんでしまうところだった。

いったいいつのまに、聖王宮から王妃宮に入っていたのか。

まだそれほど絶対に長く歩いてはいないはずなのだが——あるいは、聖王宮のどこかから、王妃宮へ直接通える回廊のようなものが続いていたのかもしれない。あたりの装飾や、女性らしく優美なかざりもののようす、壁にせよ建物にせよ、それはもうまったく、たったいままでいた聖王宮とは違っていた。

「ちょっと予定を早めることにしよう」

《レムス》が多少いまいましげにいった。

「僕としてもそれほどのんきにもしていられないし。いよいよ貴女の運命を決めてあげなくてはならないのだからね。さあ、おいでなさい、姉上。あなたに見せたいものがあるんですよ」

4

ぶきみな、天路歴程——

それは、わずか十四歳にしてあの恐しい辺境のルードの森の一夜の恐怖に耐えてきたリンダにとってさえ、彼女がどれほど生きようとも終生忘れがたい一夜になるのに違いない、と思わせる悪夢の一夜であった。

思えば、まだうら若い乙女の身でありながら、あまりにも劇的に数奇な運命のなかをずっとくぐりぬけてきたリンダである。十四歳で、父母を目の前で失うあの恐るべき黒竜戦役にあい、またその恐しいルードの一夜を豹頭の戦士グインとの運命的な遭遇によってからくもきりぬけたものの、続けてこんどはノスフェラスの数々の冒険、そして海賊船にゆられるレントの海の冒険——

すでに、数えきれぬほどの非凡な運命を勇敢にたたかって切り抜けてきた彼女であった。

だが——彼女はいま、その目のまえにゆらゆらと漂っている黒いマントのうしろすがたを見ながら哀しく考えていた。

（だけど……私がいつも希望を捨ててはいけない、勇敢でなくてはいけない、そう思い続けていられたのは、レムスがいたからだわ……そう、私の双子の弟、たよりない、男の子のくせにいつも私よりどこかもろく、すぐ崩れてしまいそうにみえた可愛いレムス……）

その弟であり、しかもパロ王太子である少年がかたわらにいたから、いまスニの小さな手をひいていることで逆に彼女自身がスニを守ってやらなくてはならぬ、という思いにかりたてられて正気を保っていられるように、リンダは多くの恐怖と吟遊詩人のサーガさながらの危機のなかでも、いやが上にも勇敢に、そして雄々しくあることができたのだった。うら若いかよわい少女としては信じがたいほどにも、誇り高く、凜々しく。

（そうよ……私は……お前がいたからこそ……）

自分は、結局のところ、たおやかに守られて姫君として存在しているよりは、「誰かを守らなくてはならない」と思ったときに、より一層勇気をふるいおこすタイプの少女なのだ、ということを、そのときにリンダは知らされたのかもしれぬ。

その意味では、ナリスと結婚して、この上もない愛と幸福と栄誉とにつつまれていた夢のような新婚の一年たらずだけが、彼女が心から気をゆるして、聡明で力ある夫の庇護のもとにまどろんでいられたしあわせな時期でもあったし、逆に、そのあいだ彼女の彼女らしさはすっかり眠っていたのかもしれなかった。少なくともリンダの美点やその力は、宮廷でちやほやされたり、優雅な舞踏会や社交、饗宴や儀礼の数々のなかで発揮されるようなたぐいのものではまったくなかったのだ。

だがそのまどろみもそれほど長くは続かなかった。ただちに夫の逮捕、投獄、拷問、そして右足切断の大怪我と引退、それにつづく長い闘病生活——と、かつての少女のときにくらべればずっとドラマティックでもなく、地味でむくわれること少なかったかもしれないが、辛さの点ではむしろそれよりもずっと重たいかもしれぬ悲劇が新婚の彼女の上に次々とおそいかかってきたのだから。

そして、その不自由なからだの夫の迫害、そして謀反の決意と決起——

(なんだか……何もかもがまるで悪い夢をみているようだわ……)

リンダはなんともいえぬほどふしぎな気持で考えていた。

(ここを歩いているのはだれ？　これは、いったいだれなの？　リンダ——これがリンダ？これがあの、ノスフェラスを皮の男の子の服をきて逃げ惑い、グインの首ったまにしがみついてレントの海の海賊船の上で怯えていたリンダなのだろうか？　なんだか、あのときからもうずっとそのまま長い長いあまりにもふしぎな夢を見続けているような気さえするわ……ああ、私は何者なのだろう……そして、いったいここはどこで、いまはいつなんだろう……)

もうほとんど、王妃宮のなかのあやしい光景さえも、リンダの目をひいてはいなかったかもしれぬ。

相変わらず、あたりはぶきみな、リンダもよく知っていた王妃宮とはまったく様相を異にした情景に変じてしまっていた。いや、建物自体もゆきかう侍女たちのお仕着せも何もかわっていないながら、その、ばかていねいに国王と王姉に礼をして通り過ぎてゆく腰元、侍女、女官、小姓たちのかっこうはといえば、お仕着せの上から栗鼠だの、鶏だのの頭がついたなんともいえないグロテスクなものであった。だがもう、リンダはそれにさえ驚かなかった。

(レムス……あのとき、二人してああやってノスフェラスの苦難をも、ルードの森の恐怖をも……あの謎めいた島の神秘をも、そして海賊船の冒険をもなんとか力をあわせて切り抜けてきた私のおとうと……双子のかたわれ、パロの二粒の真珠といわれた私たち!――もう、あのころには戻れない……戻れなくても、もう、レムスを助けて……もとどおりの弟に、私の大事な弟に戻らせる方法はないのだろうか? レムスはたぶんノスフェラスで、カル=モルに憑依され、そしてすべてがはじまったのだとナリスは私に教えてくれた……いつ、どうやってそんな怪物にとりつかれてしまったのか、となりに毎晩眠っていながら私は全然気づかなかったわ。だけど――どうやったら、そのおそろしい災厄をとりのぞき、レムスをもとどおりのすこやかな人間に、まともにものを考え、ちゃんと人間として生きてゆくことのできる私たちと同じ人間に戻すことができるのだろう? 偉大な魔道師にならできるのだろうか? それとも……もう、この子は……もう決してもとの素直な気の弱い私の弟には戻らないのだろうか? ヴァレリウスなら教えてくれられるだろうか……ああして心にあまりにも深く憑依され、のっとられたようなとき、人間はもとに戻ることができるものなのだろうか?)

それさえわかれば――希望があるのかないのか、それさえはっきりすれば、ずいぶんとリンダの気持もかわるだろう。いまだにリンダの心は、レムスがまだもとの彼にたちかえる見込があるのか、それとももう、まったく弟は無念ながら死んだもの——怪物にとりつかれ、とり殺されてしまって、いまここにいるこの弟のすがたかたちをした怪物はまったく弟とは別のもの、それどころか弟の憎いかたきとしてせめての仇討ちをこころみるべきなのかどうか、を巡って激しく揺れ動いている。もともと情のふかいリンダの心である。たとえどういわれたからといって、たちまちのうちにたったひとりの弟をもう死んだものと思え——といわれてのぞみをふりすてることはできはせぬ。

（ヴァレリウス……どうしているのだろう。もう責め殺されてしまっただろうか……それとも万一にも無事脱出できて、この宮殿がいったいどのような魔窟と変貌してしまったかを、どうにかしてナリスに告げることができていてくれれば……）

また、リンダの思いは、いまとなってはこのような怪物じみた魔道の敵あいてに、唯一頼れるかと思われる、ヴァレリウス魔道師の上に落ちて行く。

「お妃様はどうしておられる」

いつのまにか、かれらは、王妃宮の奥深く、リンダも何回かアルミナ王妃を見舞ったり、共にお茶をしたりしたこともある、王妃の居間の一画にたどりついていた。

そこもやはりようすは何もかわっていない。しいていうならば、多少調度をとりかえて、クム調——というよりキタイ調といったにおいがするものになっているところがないとはいえないが、全体としては、アルミナが望んだとおりに、沿海州の自由な空気を思わせ、そしてアルミナにとって何より懐かしい海を思わせる青を基調にした、品がよくて高雅な調度にととのえられたままだ。

もし、その品のいい控の間に、ぶきみな、お仕着せから鶏の首をぬっとつきだした侍女たちが数人膝まづいて、国王と王姉のお運びに敬礼してさえいなければ、まったく何ひとつ変わっているとは思われなかったことだろうが——

「王妃さまは、ただいま、おやすみになっておられます」

白とエンジ色の品のいい王妃の侍女のお仕着せの襟元からつきだした、ぶきみな巨大な鶏の首が、かっとくちばしをひらいて、そこから人間のキイキイ声が無感動にもれてくるのをきくのは、なんともぶきみな光景だった。

リンダはひるんだ——だが、次のひとことを《レムス》の口からきいたとたん、リンダはさらに蒼ざめた。

「そうか、では、おやすみのところをまことに申し訳ないしだいだが、折角待望の義姉上がようやくお見舞にきて下さったのだから、王妃さまをお起こししてくれ。王妃さまは、義姉上にこそ誰よりも、無事誕生した世継の御子を一刻も早くお目にかけたい、といっておいでだったからな、はははははは」

「よ——世継の……御子……？」

きくなり、リンダはまた思わずめまいがして倒れそうになった。あわててスニが必死にかかえとめる。

「なっ……なん……」

「姉上に申上げなかったですかね」

《レムス》の声はツヤがなく、何の感情もこもっていなかった。

「アルミナは、先日無事にお産をおえましてね。めでたく、玉のような男の子が生まれたのですよ。これで、パロ聖王家にはめでたく世継の王子、王太子が誕生したということになります。名前は、アモンとつけましたよ。僕は父の思い出のためにアルドロスとつけたかったのだが、アルミナが父のように早逝してはとんでもないからと頼むのでね」

「ア……」

またしてもリンダは口がきけなくなった。アモンとは、伝説では、この惑星の中心部に巣くう巨大な竜の名にほかならなかったからである。

「さあ、アルミナに会ってやって下さい。そして、あなたの可愛い甥、王太子のアモンにも会ってやって下さいな。あなたにとっても、ずっとこの長の年月失ってゆくばかりだった血縁がようやく、はじめて増えたという、世にも喜ぶべき話であるはずですよ、これは」

「ああっ……」

リンダはうめいた。そして、思わずそっとヤヌスの印を切った。

(神よ……神よ、守りたまえ……)

「王妃さまが、王姉殿下にお目にかかるため、寝室でおまちでございます」

鶏の頭の女官がうやうやしく告げにきた。リンダは内心激しい呻きと、いますぐにでも悲鳴をあげてここから逃げ去りたいようなえたいの知れぬ恐怖を懸命にこらえながら、《レム

ス》のあとに続いて、びろうどのカーテンをはりめぐらしてひっそりとしずまりかえってい
る王妃の寝室に入っていった。
そこも、アルミナが最初にこの王妃宮にすまうことになったあとに、何回かはおとずれて、
見せてもらったり、あるいはアルミナの具合の悪いのを見舞ったりした記憶があった。その
調度はやはり何もかわっていない。巨大な天蓋つきの寝台がまんなかにしつらえられ、ただ、
見覚えのないかなり大きいがそのまんなかの寝台に比べれば半分くらいの寝台がそのとなり
に新しくおかれている。それのまわりには、天蓋のカーテンが全部しめきられており、中を
みることはできなかった。
「さあ、姉上。アルミナに、よい子を生んだこと、世継の御子をよく生んだと褒めてやって
下さい。アルミナはお産をしてからずっとどうも体調がすぐれないのですよ」
《レムス》がのろのろと単調な声でいった。そして、その新しい、天蓋で隠された寝台のな
い側のベッドサイドに歩み寄った。
「かげんはどうだい、アルミナ。――このような深夜に起こしてまことにすまないね。だが、
お前の気にしてやまなかった姉上がようやくお心をといて、お前と会ってもいいといって下
さってね。それで、またもや御意のかわらぬうちに一刻も早くと、こんな夜中ではあるけれ
どもとにかく姉上にここへおいでいただくことにしたのだよ。姉上ももうすっかり、白亜の
塔暮らしにはうんざりしておいでだ。おねがいしたとおり、もしアモンがお気にいって下さ
れば、その養育係も、たぶんもう余命いくばくもないお前にかわって引き受けて下さると思

うよ」

「なっ……」

リンダは蒼白になった。

天蓋からたれている幕のせいで、寝台の上はよくみえなかった。が、そのなかから弱々しいかすかな声がきこえてくると、派手派手しくとさかを頭の上にたてて、鶏というよりはゴクラクチョウみたいにみえる女官長が、すかさずカサカサした手をのばして、その垂れ幕をひいた。

「王妃さま」

女官長が声をかける。《レムス》がリンダをそちらにすすむよう、背中を押そうとしたので、リンダはあわてて先にすすんだ。その手でふれられるのはまっぴらごめんだった。

「まあ……リンダおねえさま……」

かすかな声――

まるで地の底からひびいてくるような、かすれたきれぎれの声が、寝台のなかからきこえてきた。《レムス》がうしろから手をさしのべると、ふいにその寝台のなかがぽっと明るくなった――といっても、それは心あたたまるあかりではなくて、例の魔道師のつかう鬼火のあかりであったので、天蓋の垂れ幕におおわれた寝台のなか全体が青白く、ものすごく見えたのだが。

それでもそのあかりに照し出されて、そこに分厚い白い羽根布団に埋もれるようにして寝ているひとのすがたはそのおかげではっきりとみえるようになった。リンダはまたしても恐怖の悲鳴をかみころさねばならなかった。

「ア、アル――アルミナなの？　あなた……あなたどうして――どうしてしまったの？」

リンダの記憶にあるアルミナは、バラ色のほほをして、明るく、なかなか可愛らしい、罪のない元気な少女であった。

だが、そこに寝ている病人は――

それは、まさに、生けるしかばねにほかならなかった！

分厚い羽根布団をかけていたが、ほとんどその下に人間が寝ているとは思えないくらい、その下はまったいらであったが、それも当然といわねばならなかったかもしれぬ。アルミナは、みるもむざんにやつれはてていた――やつれ、というようなだんではなかったかもしれぬ。それは、生ける幽霊といったほうがよかった。

それとも髑髏の上に皮だけをはりつけた、というべきだろうか。むざんにもすべての肉という肉がうばい去られてしまったかのように、アルミナのあのかわいらしいバラ色のほっぺたはすでに死人の土気色と変じはて、頰骨のかたちがまざまざとわかった。がくりとその下から顎のところまで落ち込んでいる頰には、一片の肉さえ残ってはおらぬというかのようだった。髪の毛だけはなお、可愛らしくきららかな金髪だった――それが大きな枕の上にひろがっていて、それにアルミナの好きなピンク色のリボンが結んであるのがいっそうむざんな感じをおこさせた。

　彼女は布団の上に両手をくみあわせて横たわっていた。その白いレースの袖からのぞいている両手も、ただの骸骨の手そのものだった。ここまで人間がやせおとろえられるものか、と仰天をするくらいに、アルミナはやせおとろえ、まさにただのミイラか、さもなければ百歳か二百歳にはなろうというしわくちゃの老婆にしか見えなかった。

「まァ……リンダおねえさま……」

　そのかわいてひびわれた灰色のくちびるがぱくりとひらいて、そこからかすれた、だがもののいいかただけはかつてのあのあどけない、天真爛漫なアルミナの声がもれてくるありさまは、正視にたえぬものがあった。

「やっと、おいで下さったのですね……よかったわ。私、もう……もう間に合わないかと思って、それはそれは……胸をいためておりましたのよ……」

「アルミナ……アルミナ、あなた……」

　リンダは恐怖に全身をしめ木にかけられたようないたみをさえ感じながら、ベッドにかけよった。そうせずにはいられなかった。《レムス》への憎悪も警戒さえも、もう忘れはてていた。

「いったいどうして……いったいどうしてこんなことになってしまったの……これも――これもあやつのしたことなの……」

「あや……って？」

　いぶかしそうにアルミナがきいた。そのおちくぼんだ眼窩のなかで、かつてはあんなに無

邪気に大きく明るかった青い海のようなひとみがきろりと動いた。眼球の動きがはっきりとわかるほどに、まぶたには肉ひとつなかった。

「わたし、すっかりやつれてしまったでしょう？——恥かしいわ。おねえさまはあいかわらずとってもおきれいねえ。うらやましいわ……わたしも、無事に子供さえ生めたら、すっかりそれでつらいのもおわると思っていたのですけれど……なんだか、わたし——わたし、もう……もうもとどおりにはもどれないみたいなの。からだが……」

「アル……ミナ……！」

「あのね」

声はしわがれて、百歳の老婆のようなのに、いいまわしや、舌たらずな物言いだけがもとどおりのアルミナであるのが、リンダの涙をさそった。

「アモン坊やは……それはそれは大きかったの。だものですから、それはそれは難産で……わたしのからだ、すっかり……壊れてしまったのですって……悲しいわ。わたし、もっと何人も何人も……それこそ十人も二十人も、うちのひとのために、元気な子供を生んであげたかったのよ。だってレムスさまはそれはそれは子供が好きでおいでになるのですもの……何十人でも生んでくれ、係累の少ないパロ聖王家のために、っておっしゃるから……わたしも、もともととても丈夫ですから、幾人でも生むわ、っていっていたのに……最初のひとりでもう、力つきてしまうなんて……なんて、なさけない運命なのかしら。神様は、なんておかしな……なんてひどいことをなさるのでしょうね……」

「アルミナ……アルミナ！」

リンダの胸に生来のやさしい同情と共感があふれた。

それに、実のところ、この恐しい夜のなかではじめて、リンダはアルミナに出会って心の底からほっとしていた。見かけはどれほどにかわりはてていようとも、アルミナのほうは、なかみはたぶんまったくまともな人間——かつての考えなしで愛くるしいアグラーヤの姫君のままだ、ということが、リンダにははっきりと感じられたのである。アルミナからは何も魔物のにおいも、あのおそるべき無感動な恐怖もたちのぼってはこなかった。そのむざんなかわりはてたすがたにもかかわらず、アルミナは、リンダには、この恐しい変貌しはてた聖王宮のなかのたったひとつの希望に思われた。

その、彼女が死に瀕しているのだと知って、リンダの感じやすい胸はたちまちこみあげてきた。リンダはくずおれるように寝台にかけより、アルミナのおとろえたからだに負担をかけぬよう気をつけながら、布団の上におおいかぶさるようにしてアルミナをのぞきこんだ。近くで見ればみるほど、アルミナは生けるしかばね——というよりも、すべてを吸い取られてしまった、ただのひからびたぬけがらそのものだった。皮膚もそれこそ百歳の老婆としか思えぬほどにしわだらけになり、かさかさになり、みずみずしい張りのすこしもなくなっていた。

「おお、アルミナ、大丈夫よ！　貴女こんなにまだお若いのですもの！　いまたとえ難産でどれほど弱っていても、直るわよ、直るわよ！　貴女だってあんなに欲しがっていた最初の子供がやっと生まれたというのに、その子をおいてなんて、そんな悲しいことを思わないで……いまの医学ですもの。たくさん、栄養のあるものをとって、そしてたくさん静養して……そうしたら、すぐよくなって……元気にお母さんとして子供を可愛がって育ててあげられるようになるわ……」

「有難う、おねえさま、いつもお優しいのね」

老婆の唇がうごいた。リンダはわっと泣き出したいのをこらえた。

「でも、なぐさめて下さらなくてももういいのよ……わたし、みんなわかっているの。わたしはもう助からないの」

「アルミナ！」

「いいのよ。それにわたしをかわいそがって下さらなくても……わたし、たとえこんな短いあいだでも……とても……そうよ、わたし、とてもしあわせだったわ」

「アルミナ……」

「レムスさまは……わたしをこの上もなく愛して下さったし。そうよ、女性として……これほど、しあわせなことはないでしょう？　この上もなく愛されて……あまりに愛されて、愛されすぎたあまり……はかなくなってゆく、なんて……それはたしかに悲しいかもしれないけれど、でも、それほどに夫はわたしを愛してくれたのだと思えば、その運命さえも誇らしく思えるほどだわ……そうよ、わたしたち、朝も昼も夜も……いつでも愛し合ったの」

「ア……アルミナ」

さしものリンダも、そのアルミナのことばの意味するものがかいもくわからぬほどには、もう初心ではありえなかった。リンダは思わず赤くなった。

「レムスさまってば、ほんとうに駄々っ子のように……とまらないのよ。わたしも……でもわたしも、短いあいだでしたけれど、ほんとうに女のしあわせを味わいつくしたと思うの。だから……だから、わたしはこれでいいんだわ……こんなに愛されて……それにねェ、おねえさま」

アルミナの声がちょっと、狂気じみた笑いにたかまった。リンダは思わず身をひいた。唯一正気か、と思っていたアルミナも、結局それではすべて正気ではありえないのか、と悟ったのである。

「こんなことをいっては、栄光あるパロ聖王家の一員となった身として……とても、とてもお下劣だと思われて、とてもお品のいい貴婦人そのもののおねえさまには軽蔑されてしまうかもしれないんですけれど……あのね、あのひとの……うちのひとって、とてもとても大きいの！　ほんとうにそれはもう、信じられないほど大きいのよ！　その上、いつまでも……いつまでも萎えないの！　だものだから、わたし、さいしょはとってもたいへんだったのよ……ホホホホホ、いやあねェ……」

「アルミナ……あなた……」

「でもそのうち、わたしもそれがすっかりやみつきになって……わたしのほうからもどんどん求めたわ。そうするとあのひともとてもとても喜んでいくらでもしてくれたし……もう食べることも眠ることもどうでもよくなるくらい、わたしたち、愛し合ったのよ……そうしてアモンができたの……アモンができても、あのひと、わたしを愛してくれたわ……もう生まれるというそのぎりぎりまでも、わたしを欲しがってくれたの……ねえ、それって、女として、こんな幸せなことはないでしょう？　だから、わたし、拒まなかったのよ……子供のためには心配だったけれど、でもあのひとが大丈夫だというから……それに、気持よかったし……わたし、あのひととするの、だぁいすき……」

「……」

リンダは、思わず耳をふさぎたい気持になりながら、あとずさった。さきほどの、アルミナへのあつい真摯な共感と同情はどこかへ消え失せていた。それではやっぱり——という思いだけが、リンダをとらえていた。やはり、アルミナだけが本当に無事などということはありえなかったのだ——この魔宮殿の奥にとらわれ、本当の正気をたもって人間であるなど、不可能なのだ、ということが、リンダにもようやく痛いほどに悟られていたのだ。

第四話　ノスフェラスの種子

1

「でもね、おねえさま！」

　そのリンダの戦慄をまったく感じぬように、アルミナはむしろ浮き浮きと、うわついた調子でしゃべりつづけていた。ことばの内容をきけば、罪もない無邪気な若い娘が、無知にまかせてしゃべりちらしているようでも、目をやればそこにいるのは百歳の老婆よりもしわだらけのむざんな生けるミイラである。リンダは戦慄のあまりそのまま失神してしまいそうなのを何回も懸命にこらえなくてはならなかった。

「わたし、思うのよ……わたし、たとえいまこれでアモンを生んで死んでしまっても、おねえさまの人生よりきっとしあわせだ、って！　だって、この一年ばかりのあいだに、わたし、おねえさまどころか……どんな女の人の人生よりたくさんしたわ。ありとあらゆる技巧をこらして、あのひと、わたしを愛してくれたし……おねえさまは、まだでいらっしゃるんですってねえ！」

「やめて」

リンダは両手で思わず耳をふさいだ。アルミナは甲高い笑い声をあげた。

「なんて勿体ないことでしょ。女ざかりは短いというのに、そのいちばん輝くように美しいさかりを、旦那様に指一本ふれられず、愛してももらえずに、処女のまま送ってしまうなんて！――それにくらべたら、わたし……本当にいま死んでもどんな女のひとよりたくさん幸せだと思うの。レムスってば、ほんとうにわたしを愛してくれたわ……本当に本当にたくさんしてくれたし……ときには闇のふしぎな魔道をつかって、いろいろなものをよびだしてわたしを気持よくしてくれたのよ……すごいでしょう、ホ、ホ、ホホホ！」

「アルミナ……あなたもなのね」

リンダは悲しくうめくように叫んだ。

「あなたも狂ってるのね……やっぱり、あなたも……こいつにとりつかれてしまったのね！なんてこと……なんてことを……」

「ねえ、だから、わたしのことをあわれんだり、かわいそがったりするなんておかどちがいなのよ。それよりも、わたし、きょうはおねえさまにお願いがあって、どうしてもわたしが遠いドールの黄泉にゆくまえにいっぺんおねえさまにお目にかかりたかったの！」

「……」

「わたしがいなくなったら、アモンは母がいなくなってしまうわ。……優しいレムスさまがいるからもちろんそれはあまり心配していないのだけれど……でもやっぱり男手ひとつでは……それにレムスはこれからとてもとてもいそがしくなるといっているし……いろいろとしなくてはならぬことがあるのよ。とてもたいへんなの……」

「………」

「でもアモンのことはいいの。わたしが心配しているのは、レムスさまのことなの！」

「………」

「レムスさまは……あんなに精力絶倫なのに、わたしがこんなになってからは……お産ですっかりからだをだめにしてしまってからもう十日もさせてあげていないから……きっととてもとても大変になってるわ。……おねえさま、お願いよ。わたしにかわって、レムスさまの面倒をみてあげて。わたしのいうこと、わかるでしょう？」

「なんですって！」

リンダは仰天して棒立ちになった。

「おお、大きな声を出さないで。それでも、あなた、宮廷一しとやかな貴婦人なの？　わたしはもうじき死んでゆく末期の病人なのよ」

アルミナは髑髏のような顔をしかめた。リンダは狼狽した。

「ご、ごめんなさい、アルミナ。はしたなく大声を出してすまなかったわ。あまりおどろいたので……でも、あなた！　でもあなた、自分が何をいってるか、わかっているの――？」

「もちろん、わかってるわ。わたしとレムス陛下はいつも一心同体ですもの……からだをかさねるごとに、レムスさまのなかからいろいろなものがどんどんわたしのなかに流れこんできてね……それで、わたしはいまではレムスさまのお考えになることも全部わかるようになったのよ……そうよ。だから、わたしは死ぬのなんかちっともこわくない。わたしが死んでも、わたしのうつし身が消えても、わたしの魂はレムスさまのなかに残って、いつまでも一緒だもの。……ね、だけれど、わたしのからだがほろびてとむらわれてしまったら……レムスさまはとても神経質なかただし、そのへんのいやしい侍女なんかでは絶対にそれこそあなたのお気の毒な御主人みたいに指一本ふれるのもイヤがる高貴なかただから……ほかにめったにふさわしい女性なんていやしないわ。……ね、リンダおねえさま、レムスさまの後妻になってあげていただきたいの。わたしにかわって」

「ア、ア……アルミナ、あなた、いったい、自分が何をいっているか、わかっているの！」

「もちろん、わかってますわ」

病人はしわがれた、奇態な笑い声をたてた。

「何をそんなに驚いてらっしゃるの、おかしなおねえさま！　御自分が陛下の姉だということを気にしていらっしゃるの？　それなら御心配は御無用だわ。その昔は、パロの聖王家では、より純粋な血を残すために、どんどん兄弟でも姉妹でも親子でも通婚していたというじゃありませんか。それによって、パロの聖王家の血はほかの庶民たちの赤い血とことなり、青い血になったって……何もお気になさることなどないわ。それに誰もが納得するでしょう。ほら、あなたの旦那様のクリスタル大公さまだって、御両親は叔母と甥の間柄であられたんですもの。叔母と甥のあいだに出来た子供が、いとこと結婚して……こんな近い通婚を重ねている一族が、いまさら、姉と弟が愛し合ったといって驚くことがあるというの？」

「それは……そ、それは、でも……」

「旦那様のことが御心配ならね」

生ける髑髏は意地わるそうにいった。

「大丈夫よ。レムスさまは、旦那様のことも放っては置かないというおつもりのようだから。……それだけでもたぶん、おねえさまはわたしよりは負担が軽くてすむかもしれなくてよ。陛下はあのようなおからだになられたクリスタル大公には、宰相だの、政治家だの貴族としての任務などはたすことはできなくても、パロ一とうたわれたその美しさで陛下の後宮の華やかな人形になることが一番ふさわしいのだ、と考えておいでだわ。何も案ずることなく、御夫妻で陛下にすべてをゆだねなさいな。そうすれば、わたしも安心して死んでゆけますわ……いいじゃありませんか。それもきっととても楽しくてよ。陛下のなさることはいつだって、誰よりも正しいんですから……この地上の誰よりも……」

アルミナの声はしだいにうわごとのように、熱にうかされたたわごとのようにうわついて、かすれてきはじめていた。

リンダはおろおろしながら両手をもみしぼった。死に瀕している病人のたわごとだと思っても、それがアルミナのというよりは、むしろかたわらでぶきみに沈黙を守っている《レムス》の本心を示しているものにちがいない、気の毒なアルミナはただ、何ももうわからぬままに《レムス》にあやつられてそのようにしゃべらされているのに違いない、と思うほどに、怒るわけにもゆかないし、といってそこから逃げ出すこともできなかった。リンダはどうしたらよいのかわからぬままに、けんめいにアルミナにさいごの正気をよびさますことはできぬものかとこころみた。

「ねえ、お願いよ、アルミナ。あなたにはきっとよくわかっていないことがたくさんあるのだわ。ここではどうしようもないかもしれないけれど、あなたのそのお、お……お病気だって、ここでなければちゃんと直るかもしれないのよ……ね、だからもう死ぬなんていわないで。それよりも私のいうことをきいてほしいの……私とあなたとその……二人だけでお話をすることはできないかしら？」

「わたし、死ぬまでにもういくらも時間が残されてないのですもの」

髑髏は奇妙に冷やかに答えた。

「それまでに、最愛の陛下と少しでも長いこと一緒にいたいの。そのおすがたが見えるだけでもわたしの心はなごむのですもの。いまとなっては、陛下がお悲しみになることだけがわたしの嘆き。――わたし自身は、死んでゆくことをそんなにいやだとは思っていないの、むしろなんだかとても役目をはたしたようなやすらかな心持でいるのよ。きっとまだ処女のおねえさまにはおわかりにならないわね……女のしあわせって、生きる長さだの、どのくらい栄誉をたたえられたかなどとは全然かかわりのないものよ。女の一生の幸不幸は、たぶん、ひたすら、どんな殿方にどのくらい愛されたかによって決まるんだわ。わたしは何ひとつ知らないおぼこな娘としてパロに嫁いできたけれど、この短い年月のあいだに一生分の女としてのあまりに深い幸せを味わいつくしてしまったんだわ」

「そんな、そんなこと……そんなことをきいたら、アグラーヤ王と王妃御夫妻が、あなたのお優しい御両親がどんなにお嘆きになると思って……？」

「あのひとたちには何もわかっていないし……それに陛下はそのうちに、アグラーヤにも出向いてゆかなくてはといっておいでだわ。陛下の野望はとてつもなく広くて大きいのよ。……わたしのお葬式はそのひとつのきっかけになるかもしれない。父上と母上がわたしののぞみをひきついで、陛下のお力になれるようになってくれたら、わたしにとってはこの上もなく嬉しいことだし」

「まあ……まあ、あなたというひとは……アルミナ、おお……」

もう、リンダは、何をいっても無駄だと悟った。

アルミナは、完全に洗脳され、むしろすがたかたちを変形されてしまったほかのものたちよりもずっと完璧にその人格をのっとられ、あやつられるようになってしまったのだということがわかったのだ。リンダは絶望的に声をふりしぼった。

「わかったわ……それがあなたの幸せだというのなら、私はもうそれについては何にもいわないわ……でもお願い、どうか、私のことはもうそっとしておいて。アルミナ、あなたと私はいつも仲良くやってきたわ。遠いアグラーヤに、私と弟が救われてたどりつき、あなたのお父様に兵をかしていただいたときにも、それからあなたがレムスに恋をして、この異国の宮廷にただひとり嫁いでこられたときも……私は小姑としてあなたのことをいじめたりなんかしなかったと思うし、いつもあなたのことは本当のいもうとと思ってよくしようとしていたつもりだわ……そのおたがいの愛情にめんじて、どうか私を……どうかレムスをときふせて、私を自由にさせてちょうだい。あなたがレムスのことを案じているように、私は私の夫のことが心配でたまらないの。それが反逆者の罪にとわれているというのなら、私はレムスと話して、もういっぺん夫と話をしてみてもいいわ……でもとにかく、私を……私を幽閉して、このままにしておくなんて、そんなこと……それでは、まるで、それでは……」

たとえ洗脳されているといってもあいては瀕死の病人なのだし、それにまだ、リンダには、アルミナが何をどこまで知っていて、何をどう理解しているのか、よくわからなかった。もしかしたら何も知らされていないのかもしれないとも思えたし、それとももう、いまアルミナを通してしゃべっているのは、一部は《レムス》でしかないのか、という気もした。リンダは、何をどううったえていいのかわからず、しどろもどろになった。

アルミナはおちくぼんだ目をふいに大きく見開いて、確かにまだそれだけは美しい青い目でじっとリンダを見つめた。

「わたし、ずっとあなたのこと、嫌いだったわ。リンダおねえさま」

アルミナは突然、ひどくはっきりした声でいった。リンダははっとたじろいだ。

「ど、どうして。私があなたになにかして？　何か、私、あなたに、自分では気づかずにひどいことをしたかしら？」

「自分では気づかずに。——いつも、あなたはそうよね。その点でも、わたし、いつもレムス陛下ととても話があったものだわ」

アルミナは冷やかにいった。その口調のなかにひそんでいるものが、おどろくほどさいぜんまでの《レムス》の口調に似たひびきをもっていることにリンダは気づいた。

「というか、陛下は、わたしがあなたのことを嫌っているのをとても喜んでおいでだったわ。はじめてきっとお味方ができたような気がしたのね。宮廷のみんなは誰もかれもが、ばかみたいにあなたと――あなたの御主人に夢中だったんですもの。おねえさま……そうよ、あなたたちみたいな二人って、まわりにとっては……特にわたしたちみたいに、あなたたちより若くて、しかも君臨しなくてはならない、求められる義務は誰よりも多く、むくわれることは誰よりも少ないものたちにとっては、ヤーンの下し給うた災難みたいなものよ。そうよ、災厄だわ……わたし、最初にクリスタル宮廷にきたとき、自分がどんなに頑張ってみんなに好いてもらおう、レムス陛下にふさわしい王妃といわれようと綺麗に着飾っても、どうしても、みんなの目はあなたにむいているんだ、ってことにすぐ気づかされたわ」

「アル――アルミナ……」

「それはなにもあなたの責任じゃないかもしれない。だけど、あなたと陛下は双子として生まれたはずなのよ……どうして、陛下だけがあんなに苦しまなくてはならなかったの？　男の子だっていうだけで……弟だったし、気性だって、大人しかったのに！　あなたのほうがずっと気性が荒くておてんばだったわ。だのに、男子だというだけで、陛下のかぼそい肩にはすべての重圧がかかり、そしてあなたは陛下にすべてをまかせて楽しく舞踏会で遊んでいたのよ。……陛下はそれにとても苦しんでいたし、うらんでもおいでになったわ。そこにあたしがやってきたの。……そして、わたしはすぐに気づいたわ。宮廷のひとたちがみーんな、あなたとクリスタル大公の味方だっていうことに。——味方っていうより、崇拝者、狂信者ね。陛下がどんなに苛々なさってもちっともふしぎはなかったと思うわ。陛下が何をしても、どういうふうにパロをよくしようと頑張って働いて、名君になろうと勉強なさっても、みんな、『それは当然だ』といったわ……そして、ちょっとでも怒ったり声を荒げたりすると『だから、まだ若すぎて』とか『もともと素質がないんだ』とひどいことをいって批判したのよ。そしてあなたの御主人はいつも、うまくたちまわって、その陛下がもっと恥をかくようにさりげなくしむけ……なんていう陰謀家なんでしょうね。そうして、しかも自分がそれを助けてさしあげて、陛下と御自分の違いをみせつけるようにふるまったんだわ」

「ち、違う、それは違うわ、アルミナ。ナリスはそんな——ナリスはそんなひとじゃ……」

「あなただってそうなのよ、おねえさま」

アルミナは興奮のあまり上体をおこそうともがいた。あわてて鶏頭の女官が左右から手をのばしてささえると、骸骨そのもののようになったアルミナはベッドの上にやっとのことで起上がり、にくらしそうにリンダにむかって、枯れ木のような指をふりまわした。

「わたしがどんなに着飾っても、おとなしそうな王妃さま、やさしくて気さくな王妃さま、だけどベストドレッサーじゃない！　わたしはとっても親しみやすくて、だから宮廷の女のひとたちに人気があったわ。わたしは、彼女たちの王座をおびやかさないから安心だったのですって！　おねえさまは、男性の貴族たちには——騎士たちにもね、本当にサリアそのひとででもあるみたいにちやほや崇拝されておいでになったけど、貴婦人たちにはとっても嫌われていたわよ。それは結局、あなたが登場すれば、どこであれ、ほかの男性の興味をみんな持っていってしまうし、あなたが出てきたとたんにほかの女の人はどんなに頑張っても色あせてしまうからだわ。たまたま王女であったというだけじゃなくて、そんなにも恵まれているなんて！　あなたの前で平然としてられるのはフェリシア夫人くらいのものだったでしょうけれど……そしてみんなは、アルミナ王妃のことは、親しみやすくて鼻がころっとしていて、それにスタイルも庶民的でとってもかわいらしいおかたね、ってとても好いてくれたものよ！　それ、すごい屈辱的なことだったわ。わたし、アグラーヤでは、そんなふうにあつかわれたこと、一回もなかったのよ。アグラーヤでは、そうやって女性を容姿でそんなふうに差別したりしなかったもの！」

「アルミナ、おねがいよ、落着いて……」

「ほんとに似たものどうしの夫妻だと思うわ！　わたし、ナリスさまが足を切断したとき嬉しかった。これでもうナリスさまが宮廷から引退するだけじゃなく、あなたももうこれでパレスにはやってこなくなって、あんなに綺麗なあなたも、月の女神みたいなあなたももう一生をマルガにうずめて廃人の夫の看病にあけくれるしかなくなったんだわ、と思って。これこそ天罰ってものじゃないか、って思っていたわ……だのにね、まったく！　こんどは反乱をおこすなんて！——まったく陛下のおっしゃったとおり、ほんとに見上げた夫婦だわ！

そうまでしても、どうしても、宮廷の主人公は御自分でいたいのね。なんていう自己顕示欲でしょう。とうていおとなしいアグラーヤ娘のわたしなんかにはかなわないわ」

「なんて……なんてことを……なんて……」

リンダは思わず、こみあげてくる涙をおさえかねた。

「あなたは……そんなふうに私のことを思っていたの。長いあいだ、ずっととても親しげにおねえさま、おねえさまって慕ってくれているふうをしながら、あなたは、ずっとその明るい笑顔の下で私のことを、そんなふうに思っていたの。知らなかったわ。私とナリスのこれほどの苦しみや苦難が、あなたたちの目にはそんなふうにうつっていただなんて……」

「わかったか、娘？」

ふいに、うしろから、冷やかな、いんいんとひびく声をかけられて、リンダははっとからだをかたくした。アルミナとのやりとりに熱中するあまり、ついつい、《レムス》の存在をさえ、いつしかに忘れかけていたのだ。

「ヒッ……」

「お前たち二人は決して愚かではないにもかかわらず、根本的なことをまったく見逃していたということだ。……それは何かというに、人間の心には、負のパワーと呼ぶしかないものがあるということだ。……そして、それほど、我々にとってかっこうの飼料——というのも正確ではないが、何よりもの美味な餌になるものはない。……ひとの心が出す、怒りや憎しみ、ねたみやそねみ、うらみの力……それがわれらにとっては、おおいなる力となるのだ。

むろん殺されてゆくもの、思いを残して死んでゆくものの怨念もな。それゆえにわれは、かの新都シーアンにおいて、かくも大勢の妊婦を虐殺し、その腹の子もろとものうらみとにくしみをもってシーアンを守る一大結界をつくりあげるパワーのみなもととしたのだ。お前たちはあまりに恵まれすぎてその負のパワーのおそろしさを知らぬ。……いや、あるいは、それを持たぬ。それゆえ、こうしてお前たちは追い詰められてゆくこととなったのだ」

「お黙り、ヤンダル・ゾッグ！」

狂おしく、リンダは叫んだ。リンダの叫びに仰天したかのようにあわててまわりでグロテスクな《女官》どもが飛び散り、となりの部屋へ夢中で難をのがれに逃げていった。同時に、彼女の叫んだその名をきくなり、大地そのものがぐらぐらと激しく鳴動したように思われた――鳴動したのは、このクリスタル・パレスそのものであったかもしれないのだが。

「お前は私がもう決してお前の手中から逃げられないだろうと思って私にはそんなにも心やすくその本当のおそるべき顔をみせるのね。でも、見ているがいい。私は許さない。そんな、悪の論理など、いくらでもこれまで歴史のなかで黒魔道師たちがいっていたものだわ。そんなものが結局勝利をしめたためしなんかないのよ。私は知っているわ……黒魔道師たちも、ドール教団も……そういうものはみんないずれ、その負のパワーをいしずえにしたがゆえに、たがいにあらそいあってほろびていったじゃないの。私が何も知らぬ女だからって、そのくらいの歴史の知識は持っているわ。悪は、悪でしかないのよ」

「こざかしいことを」

《レムス》はおおいに笑いにむせた。アルミナのほうは、突然にまるでエネルギーが切れたとでもいうかのように、ぐたりとベッドの上にあおむけに倒れてぽかんと口をあいていた。

「女官ども。王妃に飲み物をやれ」

《レムス》は苛立たしげに命じた。あわてて鳥頭の女官がかけこんでくる。

「やみくもにおそれるばかりでものの役にたたぬくずどもめ」

闇の帝王は苛立たしげに評した。

「だが、それゆえ、娘、覚えておくがいい。どのように見かけは善人にみえようと、ひとの心は悪をはらんでおり――そして、その心のなかにそうしてねたみ心やそねみ心、悪意や憎悪をひそかに飼う者こそ、われのこよない餌《えば》となるのだ、ということをな。……それが、かのはるかなノスフェラスで、お前でもあのゴーラの若き僭王でもなく、レムスがカル＝モルに憑依をゆるしてしまった理由だったのだ。レムスはつねに、自分よりもなんでもできる姉に頭をおさえられていることにつよいコンプレックスをいだいていた。それゆえに、おとなしく気弱だといわれつづけていながら、すでにあの年齢でレムスのなかにはかなり大きな空洞の暗黒があったのだ。……それこそが、自然にカル＝モルを吸込んだ。お前にも、イシュトヴァーンにも、本当はわれの手先が憑依するはずであった。われの計画では……あのいまいましい豹頭の怪物めが登場してもろもろのものごとをだいなしにしはじめるまではな……イシュトヴァーンはさておき、お前はいずれどこかの中原の王国に嫁入り、そこをもまたわが竜の民の橋頭堡とするためのはたらきをするはずだったからな。……だが、お前には、そういう心の暗黒がなかった。……そして、レムスのなかには暗黒の種子がまかれた……」

「暗黒の……種子……」

「そうだ。そして結局それはいまこうして実を結ぶことになった。すべてはもう、あのとき、はるかなノスフェラスであらかじめさだめられていたのだ。それをいまさらうらんだところでどうにもなるものではないぞ、娘」

《レムス》――それともヤンダル・ゾッグは、低くいんいんとひびく声で笑った。

リンダはかたく身をこわばらせ、恐怖と必死に戦いながら立ち尽くしていた。アルミナのベッドをたてにとっているあいだはまだ多少安心できたが、ふりむいて、すでに《レムス》でさえなくなっている相手を正面から見るのはおそろしかった。スニが小さな声をあげて足元にくずおれるのが感じられた。気を失ったのか、それとも恐怖にたえきれなくなったのかもしれない。

（あやしい瘴気が……ものすごい瘴気が、背中から迫ってくる――！）

リンダはひそかにうめいた。必死にヤーンの印を切ろうとするが、悪夢のなかで、うしろにおそるべき怪物が迫っているのを知りながらどうにも身動きがとれないかのように、ふりむくこともできない。おのれがこんなにも勇気がなかったとは、とリンダはかすかに思った。

背中から、いんいんとひびく笑い声がきこえてくる。それは、部屋じゅうにひろがってゆくかとさえ思われた。

「さあ、娘、王妃はどうやらすべての体力を使い果たし、疲れて眠ってしまったようだ。…

……それでは、……それでは、姉上、せっかくですから、僕の可愛いはじめての息子のアモンを見ていただこうではありませんか！　なんとも記念すべき……そう、この子はこの世でもっとも特筆すべき王子になるはずだし、この子の誕生はこの世でもっとも記念すべき出来事のひとつになるはずですからね！　さあ、おいでなさい、リンダ・アルディア・ジェイナ。これはあなたの甥でもあるのですからね！」

2

「あ……あ……あ……」

何か――

名状しがたい激烈な恐怖が、リンダのからだをつきあげた。

それは、自分でも説明することもできぬほどにつよい、魂の底から震撼させるような奥深いおののきであり、恐怖であった。リンダはそのまま立っておられぬほどの恐怖に思わずベッドに片手をついてしまった――だが、あわてて またそこから手をはなした。それもまた、夢魔の領域にしか感じられなかったのだ。

(ああ……ああ、どうしよう……どうしよう、恐しい……怖い……ああ、神様! ヤーンよ!)

もはや、頼れるものは神の名だけであった。

だが、その神があらわれるわけでもなく――

「さあ、どうしたのです」

低くあざけるような、いんいんとひびく《レムス》の声が、うしろからリンダを鞭打っていた。

「何をいったいそんなにためらっているのですか？——何を見るとそんなにおそれているんです。貴女はいつだってもっともっとそれは勇気のある女性だったはずでしょう？　幼い《僕》をいつもあれほど叱咤激励して下さった貴女なのだから！」

「そ……そんな……」

お前はそんなことを、それほどまでにうらんでいたの——リンダは叫ぼうとした。だが、声はのどにつまったようになっていた。何か、深甚な恐怖、宇宙的な畏怖とさえいいたいようなものが、彼女をとらえていた。

「さあ。——こちら側にまわってきて、そしてはじめての僕とアルミナの王子を見てやって下さい！　喜ばしい、パロの聖王家の跡継ぎの誕生ですよ！　これによって聖王家の未来は保証されたのです。これ以上のよろこびはないはずではありませんか？」

「……」

「それに、云ったじゃありませんか。あなたにとってだって……はじめて生まれた、可愛いたったひとりの甥なんですよ。いや、このさきもたった一人かどうかはわからないが——少なくとも、アルミナが生む子としては最初で最後でしょうね。アルミナはもう命旦夕《たんせき》に迫っていますからね。……残念ですが、当人も満足していることだからしかたがない。もしかしたら、次の子は……ククク、貴女が生むことになるかもしれませんしね」

「な……ッ……」

思わず、悲鳴をあげて絶叫したくなる衝動をリンダは懸命におしころした。

そして、ありったけの勇気をふるいおこし、ベッドのかたわらから身をおこして、よろよろと巨大なアルミナのベッドのまわりをまわりこんで、もうひとつの小さな、カーテンのしまっているベッドのほうへ近づいていった。膝ががくがくしておぼつかなく、そしてそのベッドに近づいてゆくほんのわずかな時間と距離が、おそろしく長いものに感じられた。近づいてゆくにつれて彼女の霊感はありったけの悲鳴と警告をもって彼女に（そのベッドに近づくな！）と絶叫していたし——そしてそれは、あまりにもまざまざと、彼女がさいぜんから感じ続けてきたあのおぞましい宇宙的な恐怖と畏怖の感覚は——それはまさしく、そのみなもとはこの天蓋のなかにあるのだ、ということを彼女に告げ知らせていたからだ。

だが、彼女はおのれをふるいおこした——見なくてはならなかった。いま、こうしてこのおぞましい秘密の内奥に立合うことのできたのが彼女ひとりである以上、たとえここで恐怖のあまり発狂するとしても見るだけのものは見てしまわなくてはならぬのだ、という激しい思いだけが彼女をかりたてていたのだった。

彼女は信じがたいような勇気をふるいおこし、よろめきよろめき、自分ののどをつかんで恐怖のあまりの息苦しさと戦いながら天蓋の長々と垂れている小さな寝台に近づいていった。近づいてゆくほどに、彼女ののどをしめつけているそのおそるべき息苦しさはつのるばかりだった。それは、もはや、背後から彼女をおびやかしている竜王の瘴気よりもさえ、ある意味強烈であった。

（なんということ……なんということ……こんなにまで——すさまじい瘴気と……いえ、魔気をはなつ赤ん坊って、いったい……いったいどんな——どのような……）

たとえどのような怪物をでも、気を失うことなくちゃんと見届けるのだ——

リンダは血が出るほど歯を食い縛った。

（そうだ……しっかりするのだ、リンダ・アルディア・ジェイナ——お前はパロの誇り、パロの希望——聖王家の青き血の姫、そしてお前はクリスタル公——いえ、パロの唯一の正統なる聖王、アルド・ナリスの王妃なのだから！）

するすると——

誰も手をふれたもののいないままに、天蓋がまきあがってゆく——

「アアアアアッ！」

あれほど——

驚かぬ、と心にさだめていたリンダであったのに——

そのくちびるからほとばしったのは、すさまじい絶叫であった——

「アーッ！……これ——これは……」

ベッドのなかは——

い、い、い、
からっぽであった。

いや——

からっぽ、といってはは正確ではなかったかもしれぬ。

そのなかには、確かに、何かが存在していた。

いまだ、生まれ出ぬ何か、かたちをとらぬ何か、だがそのうちに確実にかたちをとろうと、じっとその《時刻《とき》》を待っている何か――

あやしい、生命あるうずまき。

というよりも――

小さな台風の目がそこにいた、とでもいったらよかっただろうか。

そこには、あやしい、こちらをじっと見返している《眼》だけが存在していた。

《眼》だけはすでに成熟していた。じっと、そのベッドのなかにもやもやと渦巻き状に存在している奇妙なおぞましい瘴気と魔気にみちた気配のまんなかにある《眼》が、もの珍しそうに――まるで人間の赤ん坊と同じように、リンダのほうを見つめているのを、リンダはまざまざと感じて、肌に粟を生じさせた。

それは、どのような怪物――生まれもつかぬ醜悪な化け物がそこに寝ていて、それがおのれの甥である、といわれるよりもさらにおそろしかった。なぜならば、それは――いまだかつて見たこともないような生命体であり――それゆえに、リンダには、それがいまにどのような怪異な存在に成長してゆくかということも、いったいどのようなおそるべき力を秘めているのかということも、はかり知ることができなかったからだ。

「ごらんなさい」

背中から、無慈悲な――勝ち誇ったような、《レムス》の声がきこえてきた。

「これが、かつて遠い子供の日に僕のなかに無理やりに宿った――カル＝モルがもたらしたノスフェラスの種子ですよ。……こうして、長い年月を経て僕のなかで熟成し、アルミナに着床し、そうしてついにめでたく時みちて生誕の時を迎えた――いや、まだ、正確には、生誕の時そのものは迎えていない。ごらんのとおり、彼にはまだかたちがない。かたちは、これからさらに半年ばかりかけて熟成されなくてはならないのです。これはあなたの知っている、どんな生物とも異なった生物ですからね。……だが能力はすさまじい。これが本当のその能力をすべて発揮できるだけの入れ物を首尾よく見付けたときには、この地上にもはやこれに対抗できるいかなる存在もいなくなってしまうでしょうね。――素晴しいでしょう。かたちがないゆえに、無限の可能性を――文字どおり無限の可能性を秘めている！　これは、いわば、これそのものが小さなノスフェラスなのです！　あのとき、僕が憑依されたのはカル＝モルなんていう下っぱの魔道師の亡霊などではなかった。それは、その体内にはらんだこのノスフェラスの種子を僕のなかに植込み、そしてそのあとずっと見守り、守って育て、愚かしいパロ魔道師ギルドのやからなんぞがどのようなちょっかいを出したところで僕から抜け出さないように、注意深く注意深く大切に守っているための、僕の体内のシェルターの役割をしたにすぎない。だからもう僕のなかにはカル＝モルなんか存在しない。いや、正確には……もう、ノスフェラスもこうして生み落とされてしまった。僕のなかから、アルミナへとそれが寄生先をかえたときに、僕自身はもう……自由になったといっていい――すべての憑依から自由に……」

「レ——レム……」

「そう、それゆえ……こののち、この小さなノスフェラスは……この王妃宮のなかで、時みちるまで、ここに満ちている人々の怨念と恐怖と憎悪と——無念と妄執、黒い負のエネルギーをくらって成長してゆく……まずはアルミナの無念と恐怖と未練とをくらいつくし——それからレムスの無念を……そのあいだにむろん、ちょっとした餌として宮廷のおろかしき連中のそれをも……だがまことに餌となるのは、貴い身分の王族たちの恐しいまでの地位や王座への執念や、それによって運命を動かされ、叩きつぶされ、ほろぼされてゆく人々の怨念そのものだといっていい。——なぜなら、ノスフェラスは、カナンの無念から生まれてきたのだから……本来、ただの大地、この広大無辺な世界のなかのひとつの場所にしかすぎなかったはずのノスフェラスに、そこを襲った苛酷すぎる運命、それにともなってほろびたあまりにも多くの人々——カナンの無念が《グル・ヌー》という生命をあたえてしまった——そして、生命あるものは繁殖が可能となる——というよりも、生命、とは、繁殖しようとするダイナミズムにほかならぬ。生命は生まれおちたかぎり、たとえどのような闇の生命だろうと、負の生命だろうと——それは成長し、はびこり、そしてもっと成長したいと望むようになる——そしてついにはこの地をおおいつくしたいとまで。……われはただ、そのノスフェラスの望みをきいただけだ——ノスフェラスが、はびこりたい、いまいちど生きたい、とさけぶその黒い叫びを耳にしただけだ——そして、それに手をかしてやろうと望んだだけのことだ……」

「そんな――そんな……っ……」

リンダはどういっていいかもわからぬままに、ただ茫然と硬直していた。

ベッドのなかで、天蓋のなかを満たしているそのぶきみな渦巻き状の生命体は、そのただひとつしかない《眼》で興味ありげにリンダをみている。その視線に充分な知性や、また意識を感じて、リンダは恐怖に身をこわばらせた。同時に思わずにはいられなかった。

（これは……私は知っている……私はどこかで……どこかで見たことがある……どこかで……）

「そのとおりだ、娘」

重々しい、すでに《レムス》らしさの偽装などすべてかなぐりすてた声が直接リンダの脳に答えた。

「お前はこれを知っている。いや、これの同類を知っているのだが。――これはただひとつの闇の生命でもなければ――これの同類はこれの前に存在しなかったわけでもない、またこれからも存在しないという保証はまったくない。お前はかつて、これを見た――これとは違う、むろんこれとは異なる育ちをして、ことなる運命をたどったものではあるがな。思い出すがよい。娘――お前はこれを、はるかなレントの海のなかで見たはずだ……さる島で……これよりも、ずっと大きく育ち――だが、ついに結局ぶじに育つことを得なかったこれの不幸な同類を……」

「アアッ！」

こんどこそ――

リンダの口から、けだものじみた――彼女のものとも思われぬような恐しい絶叫がもれた。

彼女はそのままへたへたと床にくずおれてしまった。その目にまざまざと浮かんできた光景――竜王のことばがよびさましたのは、もうずっと忘れていた――だが本当は忘れようとしても忘れられるものではなかった、かつてのあの幼い日のレントの海の冒険に、無人かと見えたあのぶきみな島でみた、あまりにもふしぎな、あまりにもおぞましい光景――

(私の――そうだ、どうして忘れていたのだろう――私のそばには、豹頭人身をした戦士がいた――そして私が愛しているといっときは信じた若い戦士と……そして、まだすこやかだった弟と……あのとき、すでに弟のなかにこんなぶきみな寄生物の種子がまかれているなど、……誰が想像もできたことだろう。――私たちは、必死に海賊船の脅威から生き延びようと戦っていた。たたかいはとても絶望的にみえ、私たちはあのあやしい島にやむなく身をかくす場所をもとめ……そしてあの――さいごの洞窟へと追い詰められていったのだった……)

紅蓮に燃える島のさいごのさま――

それさえもいまやまざまざと目によみがえってくる。

そのとき、彼女たちは、からくも島をおちのび、浮かぶ板きれにすがって海の水につかったまま、茫然と上を見上げていたのだった。

島のまんなかの巨大な山のいただきが裂け、巨大な光の球がそこから上にむかってのぼってゆき――島は大噴火をおこしたかのように爆発し、燃えくずれてゆき――

「無慈悲なことをしたものだな、娘?」

クックッと低い笑い声がきこえた。

「あのひとつ目の赤児は長い、長い時間をかけてこのノスフェラスの種子から成熟し、成長し――そしてまもなく、成人をむかえようとひそやかな長い時間を待っていたのだよ。――だが、それを時ならぬお前たち一行のおとずれと刺激が――あやまった情報を与えてしまった。そしてあれは、いまだ生まれ出るほど成熟しておらなかったのに、その時がきた、という命令を受けたと認識した――そして、ああしておのれを保護している母胎から飛出し――それゆえ、あれはいくらもそのまま生きのびることはできなかった。あれはその本能に従って――というか、あらかじめプログラムされたとおりに、というべきかな。ノスフェラスをめざし――そしてノスフェラスにたどりつくことなく、どこかの海上におちて誰にも知られることなく燃えつきてしまったのだよ。そうして、ひとつの種子が結局また実を結ばぬままについえたのだ。……ほかにもいくつも、そうしてなんらかの邪魔が入って成人できなかった種子はあった。だが、これは――そう、いとしいアモンはちがう……これはもはや、聖王宮のなかに安全な哺育器を得たわけだ。あとはただ、時をまてばよい――これが成長するまでに要するとてつもなく長い時間は、たくさんの負のエネルギーの餌をあてがうことでかなり短縮することができよう。またわれもこうして目をはなさず見守っていることであってみればな。……どうだ、素晴しいことだろう。ノスフェラスの無念、カナンの悲劇はさまざまな要因と結びつき、その地におとずれたたくさんの異なる世界よりの生命と結びついて、かくもあやしい闇の生命の種子をたくさんはらんだ。だが、そのすべては結局よこしまな、というよりもこの世界に本来は存在し得ぬ負の生命体であったがゆえに、そのなかのひとつとして本当に成長し、この世界にその本来持っている力が及ぼすほどの巨大な影響力をもつまでにいたり得たものはない。みな、途中で滅び、ついえ、あるいは退治られていった。——だが、いまこそここにわれは完璧なノスフェラスの種子を手にいれた——お前の弟がその宿主となり、ここまで大切に運んできてくれた暗黒の種子——これをこそ、今度こそわれはもはや無駄にはせぬ。われには、この闇の生命の力が必要なのだ——われには、その野望のために沢山の沢山の力が必要だ——シーアンにも、またそれ以外の場所にもな。なにしろわれは世界そのものを作り替えなくてはならぬのだからな。……そのために、このアモンはおおいなる力を貸してくれることとなろう。われはおおいにそれを期待している——そのためにも、これには無事育ってもらわねばならぬ。かの、紅蓮の島の不幸な兄弟のように、途中で養育の母胎より追い出され、いわば早産のゆえについえてゆくようになってはあまりにも勿体ないというものだからな」

「あれは……あのときの、あれは……」

リンダは、うまく口がきけなかった。

なんといっていいかわからない。ただ、あまりにも錯綜したもの——追憶と、畏怖と、混乱と、そして想像を絶する事実への本能的な怯えと、そして理解できなかった事柄が信じられぬながら腑におちた思いと、あまりにもさまざまなものにとらわれて、ただ茫然とするばかりだった。そのまぶたの裏にまざまざとうかぶのは、あのいまとなっては遠い悪夢のなかで見たのか、現実であったのかさえ判然としないあまりにも奇想天外な冒険の日々の、あやしい情景ばかりだ。

(ああ……島は燃えていた……私は確か気を失っていたはずだ。でも、私の《心の眼》は――すべてを見ていた。そして記憶していた――どうしてかわからない。あのときは、そんなことさえもわからなかった……でも、自分がすべてを、失神したまま見ていたことを知っているわ……ああ……そうよ、そう……)

ふいに――

自分でも思いがけぬほどの深い悲しみ――喪失感とさえいってもいいほどのものが、リンダを強く襲ってきた。リンダはこれ以上中途半端な情緒が入り込む余地もないほどにゆさぶられていながら、なおそのようなことを感じられる自分に少し驚いた。

(ああ……そうだ、あれは――あれは死んでしまったのだ……あのとき、あそこから――紅蓮の島の洞窟から飛び立っていった、あの――ふしぎな光の球は……あれは、本当はまだ飛び立つことはできなかったのだ。本当の《時》はいまだ満ちていなかった。だのに、私たちが――ああそうだ……私たちがあれの眠りをおびやかしたがゆえに、あれはさまたげられること、傷つけられることをいとうて飛び立ってゆき――そして、どこかでついえてしまったのだ。……私たちのために。私たちが訪れたために……)

(ああ、だけど――あのとき、あの島で……私がみたものは……こんなに邪悪ではなかった……そうよ、私は——むしろ、おそれながらも、おびえながらもかすかに慕わしいような感じさえも受けた……そして、それのことを確かにどこかでよく見知っていたような……そうだ……）

「それは、当然のことだ、予知者リンダ」

まるで、彼女の思いがすべて開かれた本ででもあるかのように読み取っている、といったようすで、竜王が答えた。リンダはびくっと身をすくませた。

「それゆえ云っただろう。あれとこれとは違う、と。——これは、ノスフェラスの種子だ。かの《超越者》の構成因子と、ノスフェラスの怨念とが合体して生まれた——黒い種子だ。だがあれは、いにしえのノスフェラスの悲劇から生まれ、あちこちに飛び散ったその《超越者》の一部から派生したその一族の末裔だった。それゆえ、あれはアモンよりもはるかに——まだいかなる、《人格》——というのもちょっと正確ではないが、そうよんでおくしかあるまい——《人格》を構成する要因をも与えられておらぬゆえに、はるかに無性格だったといっていいのだ。だがアモンは違う。われがあらかじめそうなるよう気をつけて、暗黒の種子をあたえた——カル＝モルによって、《グル・ヌー》のうちからとりだされた、至純なる怨念ともっとも激しい妄執の因子——それが育てたノスフェラスの種子に、われはさらにこうして怨念と悲劇と未練のみを餌として与え続けてきた。——わかるか、娘、《超越者》の種族はその基本は精神生命体なるがゆえに、あらかじめあたえられたそうした因子によってどのようにでも方向づけられうるのだ。なればこそ、《種子》は重大であり——力ある魔道師たちはみなひとしなみにそれに興味を示すが、うまくそれを使うことを得ないでいる。それは成熟までにあまりにも困難をともなうからな。……そう、だがおそらくあの紅蓮の島の赤児も、決してすべて純粋に善ではなかったのだろうよ。なればこそ、豹頭王グインの存在に反応して母胎から早産のように飛び立っていってしまう結果となった。《グル・ヌー》の地下深く眠りつづけながら《時》を待っているはずの、もっとも成長した《種子》が、このまま無事に成長し、出現の時をむかえたなら、いったいどのような存在として、どのような力を持ってこの世にすがたをあらわすことになるかな。これこそ、数多くの力ある魔道師たちがあまりにも関心を持ち続けてやまなかった世界最大の関心事のひとつなのだがな」

「………」

リンダには、この《グル・ヌー》の話はほとんど意味をなさなかった。

が、何か本能的な畏怖にかられて、彼女は弱々しくヤヌスの印を切った。

「邪悪な……」

そのくちびるから、ほとんど無意識のようなことばがもれた。

「お前のたくらみは……とてつもなく邪悪に思われる……きっと、きっといまに……その邪悪さそのものが……お前を破滅に導くわ……」

「そううまく問屋がおろしたためしはないというものだ、娘」

あざ笑うように、いささか下世話に竜王がいった。

「つねに正義はさかえ、悪はほろびる、などとまことに信じていられるのだとしたらお前の知能というのは、およそその夫にはふさわしからぬといわねばなるまいし、また、つねにおのれにとって都合のよいことが正義なのだと信じていられるとしたら、その鈍感さとその身勝手さもまた、あまりにも、お前の夫にはつりあっておらぬといわねばなるまいさ。――まあ、お前はもともと鋭敏で感覚のとぎすまされた予知者姫である娘だ。おのれが、恐怖と絶望からそのようになんとか信じようとしている、ということがわかれば、もうちょっとは現実を直視する力も出ようというものだがな。いまはあまりにもおのれの理解をこえた事実をみせつけられて、すっかり混乱してしまっているのだと同情に価するともいえようが。――さあ、ともあれ、姉上はこれで、めでたくアモン王子との対面をすまされたわけだ」

ふいにまた《レムス》の口調に戻って、怪物がいった。

「どうです、可愛らしいでしょう。めったにないほど立派な赤ん坊だとは思いませんか？　その手に抱いてやってくれないんですか、姉上。あなたはこの子のたったひとりの伯母さんだというのに！」

「はははははは！」

ふいに、甲高い、狂った悲鳴のような笑い声が、リンダのからだをつらぬいた。笑っているのはアルミナだった。彼女はふいに目をさまし、やせおとろえた骸骨そのもののからだをベッドの上になかばおこして、顔をのけぞらせて、おそろしい狂笑を続けていた。

「ああ、なんて可愛い赤ちゃんでしょう！　ああ、レムス、わたし幸せだわ！　なんて可愛い赤ちゃんなんでしょう。さあ、早く、わたしにその子を抱かせて……もう、あと何回抱けるかわからないんですもの。さあ、わたしの可愛い赤ちゃん、アモン、わたしのところにおいで……お母さんのおっぱいを吸って早く大きくなるのよ……は、は、は、は、は！」

リンダは両手で耳をふさいだ。

だが、アルミナの狂おしい悲鳴にも似た叫びと完全に狂った笑い声はリンダの手をつらぬいて彼女の脳につきささってきた。

「可愛い、可愛い赤ちゃん！　なんて可愛い赤ちゃん——わたしの赤ちゃん……わたしのアモンちゃん！　あ、あ、あ……あああ……ヒィィィィ！」

そしてアルミナはベッドの上に、こんどこそ目を見開いたまま仰向けに、枯れ木のように倒れた。

リンダは恐怖と絶望と嫌悪とに身も心もしびれたようになって、そこにうずくまっているばかりだった。

3

あやしい恐怖と戦慄に満ちた魔宮の夜はなおも深く——いっかな、朝の理性と正気の光がさしそめてくる気配さえも見えなかった。

その深く、暗いあまりにも恐しい深淵に深く深くひきずりこまれてしまったかのような夜のさなかで、リンダはただひとり、必死にヤーンに祈り、ヤヌスに祈っていた。それだけが、彼女の正気をつなぎとめてくれるさいごのささえだった。哀れなアルミナの狂った魂のために——そしておそるべき魔獣に見込まれてしまった彼女の愛する祖国の運命のためにも。

すでに、魔王は、おのれのすべての陰謀と魔力を隠そうとすることさえもやめたように思われる。

室内は、もう、まったくかつてのクリスタル・パレスの華麗で明るいおもかげをとどめてはいなかった。すべての調度はそのままであったけれども、その上には目にみえぬ、異次元のぶきみな暗黒がびっしりとまといつき、おおいかぶさり、すべてを重たく、そして暗い、あやしいものに変貌させてしまっていた。壁の燭台のあかりがゆらめいて、足元は暗く重たく沈んでみえたが、それはただの床というよりも、床のふりをしていて、魔王の命令がありしだい、いつなりとリンダを地の底までもひきずりこんでゆこうとまちかまえている怪物でもあるかのようにみえた。壁だけではなかった——何もかもがいかがわしく、そして闇の生命にみち、そしておぞましいふくみ笑いをたたえながらリンダを面白そうに見守っているかのようだった。

（ああ……ああ……）

リンダは、ほとんど気を失っているスニの小さなからだをそれでもなお、必死に抱きかかえながら祈っていた。

（それでも……それでも私は……パロを救わなくてはならない！　私が狂ったり……悲しんだりしているいとまはない！　この未曾有のあやしい恐しい運命から私がパロを救わなくては……いつか必ず朝がくる……私はいつだってそれだけを信じてすべての信じがたいおそるべき冒険を切り抜けてきた。どんな長い、どんな暗い、どんなおそろしい夜にも、かならずあけるときが……）

「娘」

いんいんと、まるでこのそれほど広くもない室がおそろしく巨大な洞窟のなかでもあるかのようにひびく声で魔王がいう。

「さあ、もうここはよかろう。さいごにわれがお前に見せてやるべき、さいごの悲劇のその場へお前を連れていってやらねばならぬ。さあ、来い、くるのだ、娘——お前がそれほどに勇気があるというのならば、いますぐそれを立証してみせるがよい」

「……」

リンダは歯をくいしばった。さきほどから、魔王がほのめかしていることばは、リンダの心にちくちくと針のように——いや、するどいナイフで刺すかのようにつきささっていたが、彼女はしいてそれについて何も考えまいとつとめていたのだった。彼女は激しく口のなかでヤヌスの御名をとなえながら立上がった。このままこの狂気にみちた室にいるのもまた耐えがたかった。アルミナはうつろな目をひらいたまま、ベッドの上で、生きているとも死んでいるともわからぬ風情をみせている。それはすでに、白い寝衣をまとったただの骸骨が横たわっているようにしか見えぬ。

それがあれほどかつて快活な、明るい、かわいらしい少女であったことを思うと、リンダの目には思わず涙がうかんできたが、もう、そんな半端な情緒さえも、ただ水泡のように浮かんでは消えるばかりで、彼女の心を本当に揺り動かしはしなかった。もう、ひとりアルミナの運命のみを悲しんだり、あわれんだりしていられるためには、リンダのひきずりこまれた深淵はあまりに深く、闇はあまりに暗かったのだ。

リンダはまるですいよせられるように、よろよろと立上がって歩き出した。スニが夢遊病者のように手をひかれるままについてくる。魔王はゆるゆると、空中を浮遊しながらかれらの前を、また黒い長いマントのすそをひきずって、かれらの地獄の水先案内人をつとめるかのように動き出していた。

何もかもがまるで深すぎる悪夢のついにたどりついた究極の底の底でもあるかのようだ

った。闇はゆらぎ、あやしい嘲笑をむきだしにした。リンダが歩いてゆくたびに、その両側から何かあやしい、おぞましい異次元のかたちをなさぬ生命がゆらゆらと立上がって、ついによき獲物がやってきたのかとぞっとするような穢れたよろこびにうちふるえながらこちらにむかってゆらめき寄ってくる。それを、魔王が無雑作に袖をふるってはらいのける。

「やめい」

それが錯覚ではない証拠に、魔王はそれらにむかって傲慢にそう命じた。

「お前らの如き下等な奴等の餌食になるようなおかたではないぞ。お前らのこれから長のすみかとなるべき暗黒帝国の、いずれは女王ともなられるかもしれぬ巫女姫だぞ。退け、道をあけろ、下司どもめ。下等なウジムシどもめ……お前らにふさわしい闇の底の底に戻って這いずり回っていろ！」

するると、そのあやしい気配は無念そうに、目にみえぬひき潮がひいてゆくようにリンダからとおのいてゆく。もう、そこは、王妃宮の一部でありながらそうとも見えず、ここがどこであるのかも、おのれの足がちゃんと地面を——少なくとも宮廷の床をふみしめているのか、それともそう思わされて何か異次元のあやしい怪物の背中をでもふみしめているのかさえ、リンダにはわかりようがなかった。

王妃宮はちゃんとまわりにあり、目をむければ、それはいつもどおりに見えたけれども、しかしいつのまにか、何もかもがぶきみに変貌してゆこうとしていることがリンダにはわかった。そしてもはや彼女はただこおりついたようにすべての怪異を見守っているだけの存在と化しはじめていた。すべての半端な恐怖も情緒も戦慄ももう、なかば人形のようにこの異形の暗黒宮を歩いてゆくかよわい乙女の勇敢な心からはぬけおちていた。それはまた、彼女自身の自己防衛でもあった――すべてをこのまま、見たままにうけとめ、理解しようとしていたら、たぶん彼女はもうこの時点で正気ではいられなかったであろうからだ。彼女の心はすべての解釈をさしとめ、しばらくはただものごとをただ無感覚に見つめることで、このありうべからざる怪異の宮に対抗しようとしているかのようだった。

彼女の足元で、周辺で、いつのまにか、あたりの王妃宮の壁も床も、ひろがったり、戻ってきたりした。それはのびちぢみするゴムかジェリーのような物質ででも作られているように思われた。それはそれ自体が呼吸をしているように、規則正しくフッフッというかすかな音をたてながら脈動していた。まるでリンダたちは巨大な、想像を絶しておそろしく巨大な怪物が化けた宮殿のそのなかに――つまりは建物の中だと信じ込まされて怪物の腹のなかにでもいるかのようだった。あるいはもしかしたら、まことにそのとおりであったのかもしれぬ。

上も、下も、右も、左も、すべての感覚がだんだん狂い出し、それにつれて皮膚の感覚も、五感も意味をなさなくなってゆく。これがうつつなのか、それとも深い深い眠りのなかで見せられているただのヒプノスの呪縛にすぎないのか、それさえもさだかでなくなってゆく。おのれが何者であるかもわからず、おのれがどこにいるのかも、そしていまはいつなのかも、ここはどのような世界であったのかも、すべてがわからなくなってゆく。そして自我がとけくずれてどろどろと周囲の暗黒の悪夢のなかに崩壊してゆく——そんな感覚がひたひたとおしよせてくる。

リンダはその感覚をもあえて疎外してただ歩いていった。王妃宮だと思っていたものはいつのまにか、真っ黒な圧迫感のある、巨大な魔獣の腹腔のなかのトンネルででもあるような長い通路に変貌していた。それでいて、その魔獣がおそろしく巨大なそのからだが半透明の物質でできている、とでもいうかのように、ほんのときたま、その分厚い半透明の暗黒のジェリーをすかして、その彼方にかすかに星がまたたく光さえ見える。それがむろんまことの星であるのか、それともこちらをうかがっているあやしい魔の生物の昏い瞳であるのかも、それはわからぬ。

ごぉぉぉぉ……ん、ごぉぉぉぉ……ん、というような音が、かすかにずっとどこかからきこえているようだったが、それも、リンダには、おのれの耳鳴りなのか、それとも本当にそういう音がしているのかもわからなかった。もう、耳のなかにもその暗黒をもぎとってワタのかわりにつめこまれてしまったかのように、耳もしっかりとふさがれてしまったような気がしていたからだ。ときたまなまあたたかい風がふきつけてくる——それもまた、深い悪夢の底の底で、そういう夢をみているだけか、それともまことのことなのか、わからなくなっている。

どのくらいの時間、そうやって歩き続けていたのか——

ふいに、魔王がすいと空中高く身を浮かび上がらせた。同時に、リンダのからだもスニごと、まるで足元が自然にせりあがっていったかのように空中の高みにのぼっていった。足元の床だけが一部、にょきにょきとのびだしていったようだった。頭の上で洞窟の高い天井にぶちあたるか、と思われた刹那に、その天井は透明なまったく圧迫感のないあわいジェリーと変じて、リンダのからだはそのまままさわやかな外気がふきめぐる夜のなかに出ていた。

頭上に星が一瞬あまりにも鮮烈にまたたいた——だが、それを悪夢からさめたと解放の喜びにうちふるえるいとまもなかった。

（見るがいい。娘）

魔王の声がいんいんと——こんどはリンダの頭のなかにひびきわたってきた。それと同時に、彼女のからだを、まるでしっかりと暗黒の呪縛のなかにつなぎとめておく鎖でもあるかのように、うしろから、せりあがってきたその暗黒の床がふわりとつつみこんだ。

リンダはその暗黒に縛りつけられ、身動きもできぬ自分を知った。彼女のからだは、いまや中空高く、目にみえぬ桎梏につなぎとめられ、逃れることももがくこともできぬままに空中につるされていた。足元は本当は何を踏み締めているのであるにせよ、しっかりとしていて、恐怖感はなかったが、おのれのからだが中空高くあって下を見下ろしている、というその感覚は、霊感があるにせよ魔道を使ったことのない普通の少女である彼女にはおそろしく異様なものだった。

そして、目の下には——

黒々とした森がひろがっていた。

それはリンダには見覚えのない森のすがただった。一瞬、彼女は、それを、（ルードの森？）と疑ったが、そうでないことはすぐにわかった。ルードの森――彼女にとってはもろもろの驚嘆すべき冒険のすべてのはじまりにもひとしかったあの思い出の辺境の森は、もっと深く、もっと広大で、そしてもっとおどろおどろしく――それに生えている木々のようすも明らかにいま彼女の眼下にひろがっているものとは違っていた。たくさんの吸血ヅタやあやしい巨大な赤い花を咲かせる奇妙な食虫の植物、それにおびただしいヴァシャのしげみ――そういったものはこの森には、暗いなかでさえ、ほとんど見受けられないのが感じられた。もっとなんというかこの森は普通の森で――木々もリンダのなんとなく見慣れたものばかりらしい葉や枝ぶりをしていたし、暗いなかであっても、こんもりと茂っているそのすがたかたちは、ヴァシャのしげみのつづくルードの森のようにとげとげとしてはいなかった。それは何か、リンダにとってはずっと親しみを持ってきたパロの風土とそれほどかけはなれていないものに思われた。

（それは当然だ、娘）

口に出されたと同様に、またしても魔王がそのリンダの疑惑にこたえた。

（これは、ジェニュア近郊、ルーナの森だからな。――お前はいま、ルーナの森の上空数百タールのところから、その森を見下ろしているのだ）

（………）

なぜ、そんなところに自分を――という疑問を、リンダはおしころした。

だが、魔王のほうが、まただだちにそれにいんいんと響く心話の声で答えた。

(もとよりお前をここに連れてきたのにはわけあってのことだ。見るがいい――というても、お前のうつし世のつたない視力では、この暗い夜の中をここから見通すことは無理か。どれ、お前にわれの視力をかりそめに貸し与えてやることとしようほどに、いまこの地でどのようなことがおこりつつあるのか、見てみるがいい――ほかのところもな)

かすかに頭のなかに嘲笑ともつかぬ笑い声がひびく――リンダは、歯を食い縛ってその異様な感覚に耐えた。

突然、彼女の目のなかにだけあかりがともされたかのように、くっきりと地上のようすが目に入ってきた。暗がりのなかにこんもりとただひろがっている、としか見えなかった森のようすがはっきりと見えるようになったのだ。同時に彼女は思わず低い叫び声をあげていた。いや、じっさいにはその声は彼女の唇からもれたのではなく、ただ洩れたと思っただけであったかもしれぬ。

(これは……!)

(どうだな、娘)

竜王はあざけるかのように彼女の頭のなかに囁いた。いつのまにか、竜王自身の姿はリンダの目には見えなくなっていた。だが、その存在が彼女のすぐ近くに相変わらずぴたりとよりそって彼女をひややかに見守っていることは、彼女には痛いほどまざまざと感じられていたのだが。

（この趣向は。――ここは特等席だぞ。ここからなら、誰にも気づかれることなくゆるりと下のようすを観戦できる。――いや、気づかれはするであろうがな、おろかなうつし世の視力しかもたぬやからには、これはまたしても世にも奇怪な月があらわれてきたとしか見えはすまいよ。われのいっていることはわからぬだろうな。わからぬならばそれでよい。――今宵の月は特別に、女神イリスをそのうちにいただいているというわけだ。ハ、ハ、ハ！）

魔王のその揶揄にみちたことばにはかまわず、リンダは痛いほど目をこらして、地上のようすを見分けようとした。

森のあいだに、あらたな視力でみると、無数の人間たちがアリのように小さく見えた。それは木々のあいだを右往左往してうごめきまわっていたが、黒いマントをかけているものが多かったし、それに木々の梢がその上におおいかぶさっていたから、上空から見たかぎりでは、せいぜい見えたとしてもその森がうぞうぞと部分的にうごめいているようにしか見えなかったのだ。だが、いま、それはじっさいよりも大きくクローズアップされて見え、するとそれが、よろいかぶとをつけた無数の軍勢であることも、そしてそれが木々のあいだで刀をふりかざし、ウマをなんとか木々をよけて走らせて相戦っているらしい、ということも、彼女にははっきりとわかってきた。

（見るがいい――おろかなる人々のいとなみを）

魔王はあざける声をほとばしらせる。

（ここから見下ろせば、なんと虫けらによくも似ておることだ。このようにして一生戦っておる虫が、それはこちらでチーチーと呼んでいるものの種類のようだが、南のランダーギアにおるときくぞ。それは、巨大な蟻《チーチー》だが隊列をくんでおそいかかり、おそろしく巨大な動物をさえたおしてしまうのだそうだ。長い時間をかけて骨だけにしてしまうとかきく。そうして無数の虫けらにおそいかかられて食われるものにとってはさぞかし恐しい死に方であることだろうな。ひとの子のいとなみもまたしかり、この惑星《ほし》にとっては、チーチーと何もえらぶところのないものにすぎぬのだよ、娘)

(お前のことばになど、たぶらかされるものか)

　リンダは口答えした——といっても、頭のなかで、という意味だったが。そして、比喩的な意味で両手で耳をふさいでしまった。だが、むろん、魔王の声はそのまま頭のなかでひびきつづけていた。

(見るがいい。おそれることなく見るがいい。お前は勇敢なパロの小女王と呼ばれていたはずだ。——お前はおのれの良人がどうやら尋常の存在ではないと知ったとき、恐怖と戦慄にゆっくりと少しづつ狂ってゆきながらその恐怖に直面することもできなかった、あのおろかなあわれなアグラーヤの姫とは違っているはずだ。——お前は、どのような事態にも直面してみせるとほざいたな。パロの救い主はおのれだけだともな。……ならば、見るがいい。お前の愛するパロがお前の眼下で相戦っている。パロとパロとが骨肉相はむいまわしい戦いをくりひろげているのだぞ！)

(………！)

リンダは、見た。

少し魔王がそのかれらの中空から見下ろしている位置をかえたのか、森の場所が少し変わっていた。今まで見下ろしていた深い森のまんなかあたりがうしろのほうにずれ、そして森の木々のきれめから、そのさきにひらけているゆるやかな丘の中腹のひろがりがリンダの目の下にあった。そこにはいまや、かなりの人数と思われる二つの軍勢が猛烈な戦いをくりひろげている真っ最中だった。

猛烈な戦いといっても、おそらく地上は暗い夜のなかだからだろう。その戦いぶりはどことなくもたもたとしていて、いわゆる正面きっての激突、という印象ではなかった。直接に二つの軍勢がぶつかっているその最前線ではかなり激しい切り合いがくりひろげられていたが、その周辺では、かなり大勢の部隊がいくつも、出番をまつかのようにただ待っていて、こぜりあいのちょっと大規模になったもの、という感はまぬかれなかった。だが、上からみても、片方の軍勢が片方に圧倒的に兵力でまさっていることは明らかだった。その片方の残りの部隊が、もう片方をぐるりととりかこんで退路を断つような体制をとっているのがわかったからだ。そして、木々のなかでぶつかりあっているのは、その外側から囲み込んでいる軍勢を突破しようとしている、内側に包囲された軍勢の一部のようだった。どうみても、そちらの軍のほうが明らかに形勢が不利であったし、また、人数的にもはるかに、取り囲んでいる軍勢のほうが圧倒的だった。リンダの胸のなかで、心臓がどきどきと激しい鼓動をたてはじめたのはその瞬間だった。

（こちらも見てみるか、娘――これも同じパロどうしの戦いだぞ）

からかうように地獄の案内人がささやく。その丘をはさむようにして、反対側のふもとでも、二つの軍勢が戦っていた。だが、こちらのほうは、もっと数も多かったが、さらにようすが知れないからだろう、ほとんど、衝突しているといっても、かなりの距離をへだててにらみあっているにひとしかった。直接にはもう相戦っている部隊はない。むしろ、長い戦いに疲れてしまったかのように、かれらは、どちらもいったん兵をひかえ、夜明けを待とうと考えているようにうずくまっていた。

（あやつらに、ちょっとした騒ぎをしかけてやって――どちらかから夜襲がかかってきたと思わせると、またただちに大騒ぎになるな）

面白そうに魔王がささやいた。

（そうなると、またこの闇夜のなかで、やつらは神を呪いつつ戦いの刀をとらねばならなくなる。この暗さの中では弓矢もものの役にたたぬ、むしろうかうか味方にあたってしまうかもしれぬから、乱戦状態のあちら側でも役にたたぬし、こちらでもなお役にたたぬ。――まあ、夜明けとともに事情はすべてかわり、一気にここでパロの内乱の決着はつくのだろうがな）

（な……っ……）

リンダは息をのんだ。

むろん、わからなかったはずもない。ほぼ予想もついていたし、また旗じるしなどを見聞違いようもない。だが、魔王の口からあらためてそういわれてみると——それが恋しい夫の軍勢の直面しているきびしい戦いそのものだと知らされてみると、明らかにその追い詰められているほうが夫の軍勢であるだけに、ぎりぎりと胸がしぼりあげられるようにいたんでくるのだ。

(ナリス——ナリス!)

(私はここよ——私はここにいるのよ……!)

そう、上からははるかに、届くすべもない下にむかって呼びかけたい。だが、それもゆるされぬままに、リンダはあえぎながら下を見つめた。明るくなったとはいっても、はるか上空から見下ろしていること、どことなく、送り込まれた映像を見ているように現実の戦いの悲惨さや血なまぐささの欠落した情景にそれは思われる。人間たちはまだアリのように小さかったし、旗じるしがうごめき、そのあいだでどっと地面に倒れてゆく馬や人間のすがたをみても、もうひとつなまなましさは感じられない。だがそのどこかに夫がいるのだ——あの不自由なからだで、必死にこの戦いにたえているのだ、と思うと、リンダの胸は張り裂けそうだった。

(ナリス——!)

リンダは痛いほど目をこらして地上の映像を見分けようとした。ひとかたまりの、明らかに聖騎士団とわかる銀色のよろいかぶとの群が、襲われているほうの軍勢のまんなかあたりに集結している。そのまんなかにさらに小さく黒い四角いものが見えるのは、それはおそらく馬車であろうと思われる。体の不自由なナリスがいくさの先頭にたつことはありえない――だとすれば、おそらくナリスがいるとしたら、その馬車のなかに大勢の騎士たちに守られて采配をふるっているのだろうとリンダは察した。

（あそこに――あなたはそこにいるの？　ナリス――きこえたら答えて！　私の念に答えて！）

おのれが、魔道師でないことを、このときほどくやんだことはなかった。

リンダは、必死に、おのれの念が夫に届くようにと念じながら、なおも死物狂いで目をこらした。銀色の聖騎士団が分厚くとりかこんで守っている馬車はかなり大きく、明らかに御座馬車と思ってよさそうだ。そのうしろにもうちょっと小さめの馬車が続いている。こちらの軍勢はひたすらその二つの馬車を守ろうとする態勢をみせて、外むきに刃をかまえて円陣を作っている。

上からみていると、小さなアメーバの偽足のように軍勢の一部がのびちぢみしてまたすーっと引っ込んでいったり、またそこからさらに小さな虫のようなものが飛出していったりして、ひっきりなしに両軍の伝令がとびかっているようすがわかる。また、その伝令をうけてだろう、側面にいた部隊がさっといっせいに動き出して大きくまわりこんだり、たえずいろいろな動きが起こっているようすがわかる。

リンダは魅せられたようにこのようすを上空から見下ろし続けていた。

4

(朝が……)

(朝さえくれば──)

(朝になれば……)

その、思いは──

相戦うすべての兵士たちの中にあまりにも激しく強い。

この恐しい夜をさえ切り抜ければ──このあまりに長く暗い夜を抜けて、夜明けになりさえすれば。

たとえ敗戦になるにせよ、敗走するにせよ──それでも、朝の光さえさしてくればようすがわかる。

この、暗がりのなかで、必死に松明をかざして戦っていても、ただちにその松明が叩きおとされ、また激しい太刀風や馬のいきおいにかき消される。声をかけて味方かどうか確認しなくてはならぬたたかいでは、声をかけることさえ恐しい。声をかけた瞬間に、相手のほうが先にこちらを敵と見分けて切りかかってくる可能性があるのだ。

義勇軍のほうは、得意のゲリラ的な戦いぶりで、意外に奮闘しつつ、じりじりと血路を切り開こうとしていたが、そのあいだに——これは上空から見下ろしているリンダのほうにはよく見えることであったが——国王軍のほうは圧倒的な数の優位にものをいわせ、カレニア軍を取り囲んでいる西麓の軍勢とのあいだをしだいにじりじりと展開して、いわばいまでは8の字型の陣形に二つの反乱軍勢力をとりかこむかっこうになっていた。きちんと合流したわけではないが、すでに国王軍のほうはそうやってナリス軍とローリウス軍の外側を完全にとりこめていたのだ。それは、魔道師たちの報告から、ナリス軍のほうには知られている。ともかくもローリウス軍と合流せねば、というナリスの必死の願いをはばむように、そして国王軍はその二つの円のくっつきあうところ——丘の頂きのあたりにしだいに多くの兵を送り込んで二つの軍の合流をさまたげる作戦をとりはじめていた。

だがそれも朝の光がさしそめてくればどうかわるかわからぬ。

森のなかでは相変わらずゲリラ戦がくりひろげられているが、しだいに国王軍はその、困難な森のなかでの戦いをやめて兵をじりじりとルーナの森の外側へ撤退させ、その分それらの兵をナリス軍の退路をたち、包囲する兵力へとまわしこみはじめていた。暗がりでの移動であるから、いつもの半分も能率があがらぬゆえに、延々と時間がかかっていたが、そうでなければさすがのパロ軍の訓練のほどをみせて、あっという間に決着がついていたかもしれぬ。だが、ナリス軍もローリウス軍ももはや必死であった。

もう、ルナン軍への救援を気にしているどころではない。かれら自身が追い詰められ、逃げ場を失い、退路を断たれてどんどん窮地にたっているのだ。いまこそ反逆大公アルド・ナリスの最大の正念場がやってきたことを、反乱軍の兵士たちも、またそれを追い詰める国王軍の兵士たちもすべてが感じていた。それゆえに、なお、ナリスを守護するリギア騎士団の精鋭たちも、なんとかおのれの勝ち目のない戦いをひっくりかえして敬愛する聖王への援助に走ろうとするローリウス軍も必死である。もはやかれらに残されているのはその決死の、玉砕を覚悟での悲壮な死物狂いの闘志しかない。

西麓のカレニア軍をとりかこむ国王軍がいったん兵をひいて、夜明けを待っているのは、それを知っているゆえだろう。カレニア軍はパロの軍勢のなかでも、きわだって勇敢で命知らずをもって知られる地方の軍勢だ。それが追い詰められ、おのれの忠誠をつらぬくためにさいごの一人まで玉砕、の意志をもってかかってくれば、よしんば圧倒的な人数の差でたたきつぶせるとしても、国王軍にも相当な被害はまぬかれまい。

国王軍のほうは、そこまでの恐しい闘志と覚悟まではどうしてもふるいおこせぬものとみえる。もともと、追い詰めるものと、追い詰められるものとではその決死の覚悟にそれだけの差はどうしてもあるだろう。それに加えて、ナリス軍は兵卒一人一人にいたるまで、ナリスに心酔し、そのことばを信じて、おのれこそがパロを守るために戦う、と確信しているクリスタル義勇軍と、リギアひきいる聖騎士たち、そしてナリスをカレニア唯一の正統な王とあおぐカレニア軍である。国王軍のほうはいわば、国王の命令によってやむなく追討には出てきたものの、同胞どうし相討つことにかなりのためらいを抱いている義理の戦いだ。なかにはひそかにナリスのいうことのほうに理があるのではないか、と思っているものも、国王の挙動にひそかな不信感を抱いているものもいる。それが、ナリス軍の最大のつけめというか、唯一の有利な点といってもいい。

だがそれも朝の光がさしそめてくると同時に終わるだろう。何をいうにもこれはいくさなのだ。同胞あいうつことにためらって弓矢をひかえている国王軍も、朝とともにいのちをおとすこと、いのちをアルド・ナリスに捧げることを覚悟してじっと待ち構えているカレニア軍、クリスタル義勇軍も、いざ決戦の合図が下ればもう何もためらうまい。足元にはすでにるいるいと仲間たちの死体がころがり、夜を徹してうめきつづけている負傷者の悲鳴と息たえてゆくものの断末魔のあえぎ、そしてたちのぼるなまぐさい血のにおいがルーナの森からアレスの丘にかけて、おそるべきルアーの結界ともいうべき独特の磁場をかたちづくってしまっている。

その磁場そのものがもはやかれらを二度とひきかえせぬ地獄のなかへと追込んでいるのだ。もう、生きるか死ぬか、同胞の血にまみれるかおのが血を流すかしなくては、このたたかいの磁場から逃れることはできぬ——その悲壮な思いが、この夜を絶望的なさいごの恐怖にみちたものにかえている。

（ナリス……ああ、ナリス……）

上空から見下ろす奇怪な《眼》にすぎぬものにすがたをかえられながら、リンダはなおも心のうちに夫を呼び続けていた。

（ナリス……お願い、死なないで……こんなところで、こんな世にもさびしい丘のふもとで……そんなの、あなたにあまりにもふさわしくないわ……お願い、生きていて……どんなすがたになってもいいから、残った足も、両手もみんな失ってしまってもいいから……そうしたら私が何もかも面倒をみてあげるから……だから、死なないで、お願い……私、あなたに──あなたにまだちゃんといってないわ……私、どれほどあなたを愛してるか、どれほどあなたを尊敬しているか、その勇気とその輝きとそのたぐいまれな精神をどれほど崇拝しているか──まだあなたにちゃんと告げていないわ……）

（ああ、ナリス──あなたにいわなくては……あの恐しい赤ん坊のことを……竜王がパロに対してたくらんでいる、かくもおそるべき陰謀のことを……あなたはすべてを、いながらにして見抜いていたのだということをあなたに告げなくては……）

（あなただけが、すべてをわかっていたのだと──あなたが正しかったのだと……それを告げて、あなたにパロを託して……あなたがパロの希望として恐しいこの敵とたたかうのをさいごまで見届けなくては……私は死ねない──あなたも死んではいけない──死んではいけない、いけないわ、ナリス……）

（ああ、いつだろう──私、この光景を見たことがある──このすべてはいつか私夢にみたわ……そうよ、そうだわ……レムスが、血の色の……血の色の王衣をまとっていた……そして東から──東から鮮血の津波が流れてきた──そして、あなたは単身それにむかってたたかうために立っていた……かよわく、でもかぎりなく力づよく──そして、そして……ああ、どうしたのだろう、それから先が思い出せない――あれほどまざまざとした夢だったのに――あなたに告げなくてはいけない、そういう切迫した思いとともに悲鳴をあげてあの恐しい暗い夜明けに目をさました、その記憶さえこんなにもまざまざとしているのに……ああ、そうだわ――私、この瞬間を確かに知っているわ……）

恐怖――

といったらいいのか、それとも畏怖、おののきというべきなのか。

からだのなかがかたいしこりになって固まってしまうような感覚がリンダをおそい、そして、冷たいものが全身をつかんでいる。

だがもう身動きすることもできない。からだはこおりついて永劫に氷の人形にされてしまったかのように動かない。

何かが近づいてくる圧倒的な恐怖感――じわじわと頭上に迫りくる黒い巨大な津波を、感じつつ動くことも逃げることもできない恐怖。

それが、リンダをとらえてしまっている。だが、どうすることもできなかった。

（あ……あ――あああ……）

津波が襲ってくる――

それが、小さく光り輝いている健気な蠟燭のような、かよわくはかないいのちのあかりにむかっておおいかぶさってくる。

それがその蠟燭のあかりに達して飲み込んだ時、何がおこるのか――

恐しい、心臓のとまりそうな恐怖がしだいにせりあがってきて、喉から心臓が飛出してしまいそうだった。リンダは狂おしく突き上げてくる悲鳴がのどに封じられ、のどから出ることもかなわずにふくれあがってゆくのをまざまざと感じた。のどがひりつくほどにかわき、悲鳴がのどに張り付き、気が狂いそうだった。永遠にこの苦しみからのがれられるときはないのではないかとさえ思うほどだった。両手をもみしぼりたい――できることならば、おのれの髪の毛をかきむしってありったけの悲鳴をあげたい。そうでなくてはからだじゅうがはりさけてしまうほどの絶叫がからだのなかからのぼってくるのだ――

(ああああああ!)

軍勢が、動き出す――

巨大な軍勢が、まるで誘い込むように二つに割れて、片側だけがひどく手薄になっているようすがみえた。

そして、そこにむかって、大きな四頭だての馬車をおしつつむようにした、聖騎士団の一団が、一気にむきをかえ、そちらを突破するように頭をさげ、槍をかまえ、松明をふりかざして突進してゆくさまが。

(駄目――!)

リンダの口から絶叫が封じられたまま声にならぬ悲鳴となってほとばしる。

(それは駄目――!　それはワナ、ワナよ!　わからないの、ナリス!　それはワナなのよ――!)

（その手に乗せられては駄目！――手薄に見えるけれど……その両側に、丘の北側に兵がふせてあるじゃないの！　あなたには見えないの！　あれが見えないの？　何でもわかるはずのあなたとしたことが――どうしてそんなみえすいた手にのるの？　どうして、そんな子供だましのワナにのせられようとするの？）

（ああ、駄目よ――駄目、いけないい――いけないいいいーッ！）

かすかに、竜王の嘲笑が頭のなかのもっとも奥深いところでひびきわたるような気がしたが、もうそんなことさえ、かまってはいられなかった。

リンダはありったけの力で、暗黒の桎梏をふりもぎろうともがき、あがき、暴れた。だがそれはびくともしなかった。あそこへゆきたい――いって、せめてともに夫のかたわらでたたかい、たおれるならばともにたおれたい、その思いだけがリンダを狂ったようにかりたてていた。もう、何もわからなかった。何がおのれをひきとめているのかということも、いま自分が中空高くから、ヤンダルの魔道によってこのたたかいを見下ろしているのだということも。

突進してゆく一団はあきらかに、さいごの決意を固めたらしかった。何があろうとも、力づくで敵軍を突破し、かれらの聖王だけは守り通そう――その決意にこりかたまっていることが上空からさえ明らかだ。ぴったりと馬車をとりかこみ、すさまじい勢いで丘の北にまわりこむようにして、手薄にみえる一画に殺到しようとしてゆく。その前後に、それを守るようにして聖騎士団の一隊がつきすすんでゆく。恐しい喚声をあげて殺到してゆくその決死の一隊のいきおいにおされるように、国王軍の一角がくずれたつ。

（ああ……駄目——駄目、ナリス……）

リンダは気を失いそうになった。

神がおりてくるあのおそるべき一瞬が訪れるかとみえたが、そうではなかった。目のまえが血の色にそまり、かつて見た夢のように、その血の海が東からパロにむかっておしよせてくるのがふたたびリンダの目にはっきりとみえた。それをはばむように、一人の男が立っている——それは背中をむけ、大きなマントに身をつつんでいたので、リンダの目にはそれが誰なのかはわからなかった。ただ、それが夫でないことだけははっきりしていた。

国王軍は、決死の聖騎士団の旗本部隊にけおされたかのように道をひらいた。

それに力を得て、馬車を死守する一隊は、いよいよ頭を低くさげ、一丸となって丘の北麓へむかった。そちらはもう赤い街道もない。暗闇に、丘の草々がふみにじられ、小さな名もない草の花々もまたふみにじられ、血にそまる——かれらのその動きにひきずられるようにして、そのままほかの部隊も動き出す。

カレニア軍側にもその動きは伝わっていた。じっと対峙してしばしの休戦のときを持っていた両軍にまた動揺が走り、あわただしい動きがはじまる。だが、ナリス軍の精鋭の動きはきわめて急で、しかも前触れもなかったので、暗い夜のなかのこと、どちらの軍の伝令も、まことの展開の真相をつかみきれていないようだ。

そのまま、不安にかられたように、国王軍はのろのろと展開の準備をはじめ、カレニア軍はあわただしい動きでまた包囲を突破する可能性をさぐるかのように陣形をかえた。だが、いずれにせよ、夜はもっとも深い時刻をむかえている——夜明け前の、もっとも闇の深くなるあの刻限だ。

あちこちにちらちらと松明のあかりが走る——だが、伝令も思うにまかせないのにちがいない。まるでなにものかが故意にかきけしたかのように、月あかりも消え、人家のちらちらしていたあかりもすべて消えて、この丘のまわりだけよりいっそう深い深い闇に包まれているような感じがする。それもまた、おそるべきヤンダル・ゾッグの魔道のひとつであるのかもしれぬ。

だがもう、何も考えているいとまもない。ナリス軍の精鋭は、馬車を守り、そのままがむしゃらに包囲を突破しようと走り続ける。馬をかたくよせあい、できうるかぎり小さくかたまり、馬車の周囲にひとをあつめて、つきすすんでゆく。最初、思わず道をあけた国王軍が、またひいた波がよせるようにそのまわりに戻ってくるが、さすがにリギアの聖騎士団の精鋭のなかの精鋭とあって、聖騎士団は国王軍を気迫でよせつけなかった。それが海を切り開くようにして退路をあけてゆくと、そのうしろにこれまた決死の形相で聖王旗を手にしたランにひきいられた、クリスタル義勇軍の勇者たちが続いて身を低くして突破してゆく。国王軍には、この予期せぬ展開をどううけとめるか、まだ伝令がすべての軍にゆきわたっておらぬらしい。

だが、見ているうちに国王軍も態勢を立て直した。さっと横から割り込んできた国王軍の部隊が、ランに続こうとするクリスタル義勇軍に両翼から攻めかかってきた。たちまち激しい怒号がおこり、戦いが再開された。ほとんど徒歩だちの義勇軍に、たけだけしくウマをかって国王騎士団が襲いかかってくる。

その、背後でおこった悲鳴と怒号と戦いの物音にもかまおうともせず、ナリス軍の精鋭はそのまま走り続け、しゃにむに包囲を突き破ろうとしつづけている。それは何があろうともナリスの身だけはこの待ち伏せの窮地から脱出させ、カレニアへ送り込んで——という、かれらすべての悲願をあまりにもはっきりと感じさせた。

天蓋をはずした御座馬車の上になびく黒髪と白いマントとにつつみこまれたはかなげなすがたがあり、そしてその周囲をしっかりとかためている数人の護衛が手に盾をかまえて矢をいかけられるのにそなえているようだ。この深い夜のなかで、そのマントの白さだけが目にしみるように目立つ。それをとりまく銀色の聖騎士団のよろいかぶとは、その頂点にたつその馬車をめしべとして開いた八重のみごとな銀色のルノリアでもあるかのようだ。外にむかってひろがってゆくそのようすが、そう感じさせるのだ。

ナリスの一隊はしだいにスピードをあげ、走りにくい草原を疾駆しながらさいごの防衛線を突破するためにいそぎつつあった。それまでのすべての国王軍は蹴散らされるように左右に開いてかれらを通した。かれらの一隊の速度があがり、そしてクリスタル義勇軍の後続部隊が、おそいかかる国王騎士団にまわりこまれてちょっと遅れた。

馬車を守る部隊と、その後続とのあいだがちょっとひらいた、とみた刹那だった。

さっと、国王騎士団の、左右にわかれていた部隊がそのあいだにすごい勢いでわりこんできた。はっとなった指揮官が義勇軍をかりたてて、ナリス軍の護衛に急がせようとしたが、恐しい数の国王騎士団がかれらをおしつぶすように襲いかかってきた！

（ああああッ）

リンダの唇からかすかな声にならぬ悲鳴がもれたとき――

北の麓側にふせてあった、あらての国王軍の騎士三個大隊が、わっと殺到して、ナリス軍を取り囲んだ！

ワナだったのだ。

リンダはみすみそのすべての動きをわかっていながら、見守るしかなかった。ナリス軍は孤立した。小さな御座馬車をとっさにとりかこんで、聖騎士団はさっと十重二十重に円陣をくみ、馬車を守るさいごの態勢をしいた。だが、それはみるからに絶望的なさいごのさいごの死を賭した陣形だった。まるで荒海のまっただなかの小さな小さな絶海の孤島ででもあるかのように、おびただしい数の国王騎士団に取り囲まれて、いまやわずか数百にまできりはなされてしまった聖騎士団とわずかなクリスタル義勇軍の精鋭が、馬車をとりまいていた。

リンダはただ、こおりつく恐怖にふるえながらすべてを見つめていた。馬車の上に、まるでここからだと奇妙な小さな人形のようにみえるいくつもの人影が動き、そしてそのなかのひとつが乗り出すようにして何か采配のようなものを振っている。それへむかって、ここからさえきこえる大声がひびきわたる。

「クリスタルの反逆大公アルド・ナリス！　すべての命運はつきたぞ！　降伏せよ、ただちに剣をすてて降伏せよ！」

「反逆者アルド・ナリス！　刀を捨てよ！　降伏せよ！」

いらえはなかった。かわりに、馬車の上では、そのまま馬車を飛び降りてさいごの決戦に無謀にもこの数百をひきいて、二千には及ぼう大軍のなかへ切込んでゆこうというのか、激しい動きがあった。

リンダは目をかたくとじた。もう、見ていられなかった。たとえ、さいごまで正視しているのがおのれのつとめだと思っても、もうこれ以上は見ているに耐えられなかった。目の前で、いのちをかけた夫のさいごの反逆がついえ、そしてすべてが終わろうとしているのだ。

（見ろ）

ふいに、頭のなかで、忘れていた恐しい声がひびきわたった。

（見るのだ、王女リンダ。お前の大切な良人を見殺しにしていいのか。——お前も、叫べ。降伏するよう、あの強情者に叫びかけるのだ——）

（あ……）

リンダは呻いた。頭のなかでいまや、声は恐しいまでの圧力にたかまっていた。頭が割れそうな苦しみがリンダをとらえた。

（こんなところで、アルド・ナリスほどのものをあんなふうにして死なせていいのか？　われは、彼を殺すつもりはない——降伏せよと呼びかけろ。お前のことばなら、彼はきくだろう。——さあ、王女リンダ、お前の出番だ……叫べ。刀折れ矢つきたナリスに降伏するよう、呼びかけるのだ。……そうすれば、お前は未亡人にならずにすむぞ！）

（どうした——彼を助けたいのだろう。こんなところで、こんな死にかたをするには、彼はあまりにもたぐいまれな運命を持った存在だ、そうは思わぬのか？　さあ、叫べ……すべては終わった、聖王レムス一世に降伏せよ、そう勧告するのだ……さあ！）

圧力は、いまや頭を内側から割ってしまわぬばかりにたかまっていた。

リンダは苦しみのあまり全身を硬直させた。もう、唇のいましめはとかれ、苦しみのうめきも悲鳴も自在にほとばしらせることができた。だが彼女は叫ぶまいと懸命に歯を食い縛っていた。あまりにつよくかみしめて、唇がやぶれて血が流れてくるほどにすさまじいいきおいで歯を食い縛っていたが、そのことさえ気づかなかった。

（ナリス！）

リンダは、狂おしい声にならぬ叫びに身をよじった。

（ナリス——ナリス——ナリス！）

馬車は、強風にもまれる花か——強い波に激しくゆさぶられる小舟のように、銀色の聖騎士団と、そして無数の国王騎士団のよろい姿のまんなかにある。

ふいに、その馬車のなかで、あわただしく開かれていた天蓋がたてきられた。

と、見えたとき。

「ナリス陛下、御自害！」

誰かの悲鳴のような声がきこえた。

リンダは、まるで悪い夢のようにその声をきいていた。何もかもが、時のとまってしまったその向こうでおこなわれていることのように現実感もなく、喪失感もまたなかった。

「嘘よ」

リンダの唇から、かすかな声がもれた。自分が何か口走ったことさえ、リンダは気づいていなかった。

「嘘よ。そんなの――嘘」

「聖王アルド・ナリス陛下、御崩御!」

「ナリス陛下は服毒されたぞ!」

潮のような動揺とざわめきがひろがってゆく――

リンダはなおもきいていなかった。

「嘘。――嘘よ。嘘……」

そして、リンダは、ふいに、完全に意識を失ってその場にくずれおちた。

とたんに、すべてが、ふっとリンダの周辺から消え失せた――あとには、スニのかすかな悲鳴が、意識を失ったリンダのさいごのかすかな意識のかけらにまつわりついてきこえたにすぎなかった。

リンダは、深い暗黒のなかにすべりおちた。

同時に、再び中空にあらわれていた巨大な眼球の月も消滅した。

だが、それをもはや見ているものなど誰ひとりいなかった。アレスの丘を埋めつくした兵たちは、いまや国王軍か、そうでないかをとわず、まるでいきなり大地が割れてかれらを飲み込もうとしているかのような衝撃におりついていた。国王軍の兵士たちでさえ、であった。

（アルド・ナリス、崩御――？）

（そんな、ばかな……）

まるで、にわかに足元のささえをはずされて暗黒の淵の底に転落するかのような恐怖に、兵たちはすべての動きをとめた。

その、とき――

そのときであった。

あとがき

お待たせいたしました。「グイン・サーガ」第七六巻『魔の聖域』をお届け致します。なんだかいよいよとんでもないことになりつつありますが、このあとどうなるのかはまことにヤーンのみぞ知るという展開になってまいりました。これから数巻のあいだは、どういうことになってゆくのか、私にもまったく見当がつきません（爆）私もまずは読者として、「いったいこれからどうなるんだ?・」ということを、皆さんとご一緒にワクワクしながら（ってのも、私が書いてるのは確かなんですからそうである以上変な話といえば変な話なのですが）読んでゆきたいと思っています。

さて、これはここでご報告すべきかどうかだいぶん迷ったのですが、一応ご報告だけしておきます。中島梓の個人サイトができました。おくればせに、というべきか、まあまあ普通にというべきか、ようやく私も自分のサイトをもつようになったというわけです。ホームページ・ビルダーの導入にかなり時間がかかってしまいましたが、はじめてみたら、けっこうハマっております。毎日更新してるものだから「信じられない」とか、「そんなに続くわけがない」とか「キ＊＊＊だ」とかいわれつつ、おかげさまで十月二十五日をもって、サイト開始一ヵ月を無事こえ、いらしていただいたお客様も、きょうあすじゅう（いまは十一月二日です）には二万人をこえるだろうという感じで、まあまだヤフーとかにも登録されてない個人サイトとしてはなかなかなんじゃないかと思っています。

まあ、派手なことも好きだし、とにかく書くのは気にならないものですから、毎日日記を書いてしまうやら、いろいろとやっておりますが、あとがきに書いたものかどうかかなり迷いました。掲示板は最初から作らないことに決めていたのですが、結局個人といったところで、私なわけですから、そうやって誰とでも全面的にコミュニケーションの窓口が開いてしまう、というようなことについては、ふつうのかたとはかなり意味あいが違います。まあしかし、サイトというのは見ていただくためのものなんですから、はじめたからには、沢山の方に見ていただいたほうがいいと思ってあとがきにも結局公開することにします。私のサイト名は「神楽坂倶楽部」、ＵＲＬは「http://homepage2.nifty.com/kaguraclub/」です。ご興味がおありでしたら覗いてみて下さい。

たぶんそういうこともあろうと思っていたのですが、サイトをはじめて一週間とたたぬうちに、「七五巻のあとがきについて」非常に怒っておられる読者のかたから抗議のメールをサイトのメールボックスを通じて頂戴し、いろいろときかされました。一部については納得し、残る半分については「冗談じゃない」と思います。そのかたは匿名で「なんでもあり」のさる悪名高い掲示板のかただったのですが、七五巻のあとがきに私が書いたのは「自分のところかと、会員が疑心暗鬼になって大紛糾している。あなたにはそれを収拾する責任がある」といってこられたわけです。そのかたとはいろいろメールのやりとりをして、あるていどの理解に達したのですが、その結果思ったのは、「やはり匿名に乗じていいたいことをいう文化とは絶対に私は相容れないだろう」ということでした。これは、ここでもういっぺんこういって、またどれだけそこで攻撃されようとも云わせていただきます。片方が匿名で、そしてこちらがすべてのデータをさらしているのはそれだけで公平ではないし、匿名のまま「いまの栗本はおかしい」とどれだけ批判されても、それは「匿名だ」というだけで、もう、ある意味批判ではなくなっていると思います。匿名でしかもただちに消え去るインターネットの言説では、「責任をとる」ことが出来ないと私は思うからです。ですから、お名前を自己紹介され、堂々と批判される分には私はちゃんとお話をききたいと思うし、それに誠意をもってこたえたいとも思いますが、伝えきくような卑劣な誹謗中傷に対しては、すべての手段をもって戦いたいと思います。そのメールを下さった方としてもさいごには「そうした誹謗中傷の徒がいるために、れっきとした、ちゃんと考えて、グインを愛するから批判している人たちも迷惑することになる」とおっしゃいましたが、それは本当にそうだと思います。

また、サイトをはじめてよかったなと思うのは、そうしたメールは百通のうちの一、二通で、のこる九十八%のかたは、きわめて熱烈な支援のメールを下さいました。「あなたがそうであるかぎりいつまでも応援する」といって下さるかたも大勢いらしたですし、その批判している人たちの批判にたいして「最近のほうがずっと面白いではないか」というお声も頂きました。そのことも決してあだやおろそかに考えてはいけないと思います。これだけの長い連載です。結婚式の変なオジサンの祝辞ではないが、山もあれば谷もあります。晴れた日もあれば嵐のときもあります。この展開がお気にめさぬかたもいれば、キャラクターの変貌が気にいらぬかたもおいでになりましょう。それは、しかし、すべての読者の気持にかなうようにできないことを申し訳ない、と思う気持はあっても、最終的にはしかたのないことだし、そこにもまたたぶんグインはとどまってはいないと思います。大河は、流れてゆくからこそ大河なのですから。ひとつの境地、ひとつの世界がどんなにいいと思って愛して下さっていても、そこにとどまっていたら、それは大河ではなく沼地になって淀んでしまうと思います。それをせぬから、離れてゆくかたもあり、だがまた二十年続けてグインとともにあゆんできて下さったかたもいるのだと思っています。また、このあとがきについて「あまりオンタイムなことは書くべきではないのではないか」という意見もあったのですが、これはもう、二十年前から私はスキャンダルがあればそのことを、結婚すれば結婚しました、子供が生まれれば子供が生まれました、と書き続けてきました。私にとっては、このあとがきはいってみれば「そのときの私」がレアで詰っているアルバムそのものだと思います。というようなこともサイトで連載していた「グイン・サーガは生きている」というエッセイにも書きましたら、「グインのあとがきは、私にとってもアルバムです」というおたよりもいただきました。サイトをはじめて、なんとなく、読者のかた、ファンのかたが、前より身近に、一人一人のお顔をもっているように感じられるのが、最近の私にはなかなか嬉しいことです。

とてもすてきなメールを下さったかたもいますし、ご主人からメールを頂戴したのでお返事をかいたら「嫉妬して」奥様がメールを下さったかたもおいでになりましたし……なんかみんなすてきですね。たくさんのすてきなかたがいるのだし、いまの私やグインに不服をもたれるかただってたぶん、直接個人として、匿名でなく向合ったらきっとお話できるんだろうにとも思います。天狼パティオに対する誤解（そのメールでははっきりと「それはそねみねたみも入っていますが」と書かれてありましたが）も、本当は、接してみられるのが一番、それをとくよい方法だと私は思うのですが。

ともあれ、批判されるかたの多くは「グインまでヤオイにした」といって怒っておられるようです。また、そうしたかたの大半は、「グイン以外の栗本の小説は読んだことがないし、ヤオイは読まない。グインまでホモにしてほしくない」ということをおっしゃるようです。しかしこれについては私は、ヤオイの開祖と呼ばれる（爆）身として申上げたいが、それは、「あなた自身のホモに対するゆえなき偏見」を証明するものでしかないと思う。また、私にとって、グインもむろん大切なライフワークですが、ほかの作品を否定し、私自身には何の興味もないといわれるかたの批判を私がグインについてだけ、そのかたのご希望どおりに書くために耳をかさなくてはならない、という理屈がどうもよくわかりません。グインもヤオイもほかの小説すべても私にとっては同じく大切な私の創作です。それには優劣はありませんし、ヤオイというものは私にとってはある意味「ホモや同性愛やすべての少数派」に対する差別への抗議や戦いから始まっています。だったら、「グインまでホモになったらどうする」というような批判そのものを、受入れてしまったら、ヤオイの開祖として、それはおおいなるヤオイへの裏切りではないかという気がします。「グインをヤオイにするな」という前に、ちょっとだけ、「ヤオイがあって救われた人たち」の存在をも考えていただきたい。そのために私はいろいろ評論を書きましたが、むろん「グイン以外の栗本にも、まして中島にも何の興味もない」と云い切られるかたたちですから、読んではおられないでしょう。だとしたらそれはますます一方的な非難になってしまうと思います。くりかえしますが、私は正当で礼儀をわきまえた批判なら喜んでおききしますし、耳をかたむけますし、お互い納得ゆくまでお話したいと思います。しかし、そこにホモやヤオイへの偏見や蔑視を感じたら、断じてその批判を正当とは思いません。私の大切な友人であるたくさんの同性を愛する宿命をもったかたたちのためにも、この信条をくつがえすことはできないと思います。私の日常のなかにも女性と暮らしている女性や男性をすきな男性はいくらもいます。そのなかの何人かは私にとってとても大切な人です。「グインまでホモになったらどうする」といわれて私が「すみません、もうヤオイはやめます」といったら、その親友たちに対して私はもう二度と顔むけできない裏切者になってしまうと思います。

ちょいとまたとんがったあとがきになったかもしれませんが、お許し下さい。たまにはこういうときもあってもいいと思います。また、「関係ないたくさんの読者を不愉快にする」というお声もいただきましたが、それは「とても大事なことだから我慢しなさいね」というだけです。ひとを不愉快にしないために言説をひかえ、思ったことを言えないというのは私の性分のなかにはないと思います。本当に私の文章が反社会的で、それに責任をとれないものであればまず、担当編集者からクレームがついているはずです。それがＯＫであり（当然、七五巻のときには「これは掲載してかまわないだろうか？」と私は彼にたずねて、「ちっとも問題ないんじゃないでしょうか」という返答を得ています）、そして私が「自分の名前において」責任をもって公開する文章にたいして、意見を異にしたり、論駁することはできても、匿名で卑劣な悪口をいったりそれをみて興じている人たちが「お前は褒め言葉以外ひとのいうことをきかないのか」と実名で発言している私にむかっていう資格は一切ないと私は思います。匿名ならば何をいってもいい、責任はとらない、しかしひとには責任をとることを要求する、というのは、匿名の自由のはきちがえであると思います。

　でもたくさんのすてきなかたたちと出会えて、私は、サイトをはじめてとてもよかったと思っています。ここではけっこういろいろなエッセイも連載していますし、とうとう日記みたいなものの連載まではじまってしまいました。よかったら、一度のぞいてみて下さい。天狼星通信オンラインのトップページからでも簡単にゆけます。

　それでは、読者プレゼントは……

　大山一美様、土屋明子様、藤崎正子様の三名さまに決めさせていただきます。頂戴するファンレターもだんだんメールに移行しつつあるようなので、そのうち、サイトで頂戴するメールもプレゼントの対象にすべきなのでしょうか。この一ヵ月で、頂戴したメールは百五十通くらいです。多いというべきか、案外に少ないというべきか。

では、とんでもないとこで終わってますので、なるべく早く次を出さないといけませんね。
ご心配なく、もう出来てますので（爆）ではまた来週！

二〇〇〇年十一月二日

栗本薫の作品

心《しん》中《じゅう》天《てんの》浦《うら》島《しま》

テオは17歳、アリスは5歳。異様な状況がもたらす悲恋の物語を描いた表題作他六篇収録

セイレーン

歌と美貌で人々を狂気に駆りたてる歌手。未来へと続く魔女伝説を描く表題作他一篇収録

滅びの風

平和で幸福な生活。そこにいつのまにか忍びよる「静かな滅び」を描く表題作他四篇収録

さらしなにっき

他愛ない想い出話だったはずが……少年時代の記憶に潜む恐怖を描いた表題作他七篇収録

栗本薫の作品

ゲルニカ1984年

「戦争はもうはじまっている！」おそるべき感性で、隠された恐怖を描き出した問題長篇

レダ〔Ⅰ〕

ファー・イースト30。すべての人間が尊重される理想社会で、少年イヴはレダに出会った

レダ〔Ⅱ〕

完全であるはずの理想社会のシティ・システムだが、少しずつその矛盾を露呈しはじめる

レダ〔Ⅲ〕

イヴは自己に目覚め、歩きはじめる。少年の成長と人類のあり方を描いた未来SF問題作

ハヤカワ文庫

谷　甲州／航空宇宙軍史

惑星CB-8越冬隊

惑星CB-8を救うべく、越冬隊は厳寒の大氷原を行く困難な旅に出る――本格冒険SF

仮装巡洋艦バシリスク

強大な戦力を誇る航空宇宙軍と外惑星反乱軍との熾烈な戦いを描く、人類の壮大な宇宙史

星の墓標

戦闘艦の制御装置に使われた人間やシャチの脳。彼らの怒りは、戦後四十年の今も……。

カリスト―開戦前夜―

二一世紀末、外惑星諸国は軍事同盟を締結した。今こそ独立を賭して地球と戦うべきか？

マーシャン・レイルロード
火星鉄道一九

二一世紀末、外惑星連合はついに地球に宣戦布告した。星雲賞受賞の表題作他全七篇収録

谷　甲州／航空宇宙軍史

エリヌス―戒厳令―

外惑星連合軍SPAは、天王星系エリヌスでクーデターを企てる。辺境攻防戦の行方は？

タナトス戦闘団

外惑星連合と地球の緊張高まるなか、連合軍は奇襲作戦のためスパイを月に送りこんだ。

巡洋艦《クルーザー》サラマンダー

外惑星連合が誇る唯一の正規巡洋艦サラマンダーと航空宇宙軍の熾烈な戦い。四篇収録。

最後の戦闘航海

外惑星連合と航空宇宙軍の闘いがついに終結。掃海艇に宇宙機雷処分の命が下されるが……。

終わりなき索敵 上下

第一次外惑星動乱終結から十一年後の異変を描く、航空宇宙軍史を集大成する一大巨篇！

神林長平作品

戦闘妖精・雪風

未知の異星体に対峙する電子偵察機〈雪風〉と深井零中尉の孤独な戦い——星雲賞受賞作

あなたの魂に安らぎあれ

火星を支配するアンドロイド社会で囁かれる終末予言とは!? 記念すべきデビュー長篇。

狐と踊れ

未来社会の奇妙な人間模様を描いたSFコンテスト入選作ほか六篇を収録する第一作品集

言葉使い師

言語活動が禁止された無言世界を描く表題作ほか、神林SFの原点ともいえる六篇を収録

七胴落とし

大人になることはテレパシーの喪失を意味した——子供たちの焦燥と不安を描く青春SF

神林長平作品

完璧な涙
感情のない少年と非情なる殺戮機械との時空を超えた戦い。その果てに待ち受けるのは？

今宵、銀河を杯にして
飲み助コンビが展開する抱腹絶倒の戦闘回避作戦を描く、ユニークきわまりない戦争ＳＦ

猶予の月 上下
時間のない世界を舞台に言葉・機械・人間を極限まで追究した、神林ＳＦの集大成的巨篇

Ｕの世界
夢から覚めてもまた夢、現実はどこにある？果てしない悪夢の迷宮をたどる連作短篇集。

死して咲く花、実のある夢
人類存亡の鍵を握る猫を追って兵士たちは死後の世界へ。高度な死生観を展開する意欲作

著者略歴　早稲田大学文学部卒　作家　著書『さらしなにっき』『あなたとワルツを踊りたい』『試練のルノリア』『大導師アグリッパ』（以上早川書房刊）他多数

HM = Hayakawa Mystery
SF = Science Fiction
JA = Japanese Author
NV = Novel
NF = Nonfiction
FT = Fantasy

グイン・サーガ⑯

魔《ま》の聖《せい》域《いき》

〈JA653〉

二〇〇〇年十二月十日　印刷
二〇〇〇年十二月十五日　発行
（定価はカバーに表示してあります）

著者　栗《くり》本《もと》薫《かおる》
発行者　早川浩
印刷者　大柴正明
発行所　株式会社　早川書房
郵便番号　一〇一 - 〇〇四六
東京都千代田区神田多町二ノ二
電話　〇三-三二五二-三一一一（大代表）
振替　〇〇一六〇-三-四七七九九
http://www.hayakawa-online.co.jp

乱丁・落丁本は小社制作部宛お送り下さい。
送料小社負担にてお取りかえいたします。

印刷・株式会社亨有堂印刷所　製本・大口製本印刷株式会社

ISBN4-15-030653-2 C0193